小泉八雲 日本の心

和田久實 監訳

彩図社

八雲がみた日本人の心

小泉　凡（小泉八雲記念館館長・小泉八雲曾孫）

私が子どもの頃、わが家では、勝手口を入った右側の三畳の間を「大きいお祖父ちゃんの部屋」と呼んでいた。「大きいお祖父ちゃん」とは、つまり家族が私の目線にあわせて小泉八雲を呼ぶ時の異称だった。この東京世田谷の家に八雲が住んでいたわけではないが、「大きいお祖父ちゃんの部屋」には、八雲愛用の丈の低いガラス戸つきの本棚に彼が上梓した初版本がぎっしりと並んでいた。また、妻のセツが愛用した姿見もあり、祖母がこれを日常的に使用していた。部屋の壁には、八雲の比較的晩年の肖像と、その友人で彼の死後、遺族の後見人となったミッチェル・マクドナルド氏の写真が掲げられ、父が先祖代々の霊とマクドナルド氏の御霊にむかって観音経を唱えるのが日課となっていた。

何となく、この部屋には先祖の霊が宿っているような心持を幼いなりに感じていた。

ところで、八雲に日本の心を理解させるきっかけを提供したのは、東京ではなくやはり松江や山陰地方の自然環境・文化環境だったといえよう。私も学生時代に民俗調査で松江通いをしているうちにすっかりその風土に魅せられ、ついに一九八七年からは松江の住民となって今日に至っている。そこで、八雲が日本の心を理解した場面を追体験することもできた。八雲が松江で最後の五ヶ月余りを過ごした北堀町の根岸邸の庭は、彼が日本の精神文化を知るためにはうってつけの場所だった。彼が好んで書斎とした北側の庭は、小さな蓮池と築山に青い石、奇妙な植物、丈の低い桃と松とツツジ、竹林とはるか遠方にそびえる中世の城跡がある真山を借景とする。

池には八雲がとりわけ深い愛情を注いだ蛙をはじめ小さな魚やイモリが、池にある岩の間には亀が棲んでいる。蛙がなくと決まって蛇が現れ、それを呑み込もうとする。八雲は蛙を哀れに思い、いつも食べ残しの肉片を蛇に投げて蛙を救うのだった。蝉、蝶、蛾、蜻蛉、蛍の訪問を心待ちにし、ツクツクボウシやキリギリス、それに山鳩の声に耳傾けた。他に烏、ホトトギス、トンビの来訪があり、土蔵の下に棲む、イタチもこの庭の住人だった。

小さな空間の中にさまざまな生き物が共生し、生態系が循環したり、小さな宇宙をつくるために補完しあったりしている。八雲は日々庭を眺めて石の美しさを理解し、樹木には魂が宿ると考える日本人の心性は、西洋人のそれよりはるかに宇宙的真理に近いと思った。蛙にも美を見出し、それを俳句に詠み込む日本人は、自然をあるがままの形において理解し、自然に対する最も健康で楽しい感受性をそなえていると確信した。だから八雲は後に、蛙を詠んだ句を三十も集めて翻訳と解釈を試みて西洋に紹介する努力を怠らなかった。(「カエル」『異国情緒と回想』所収)/一八九八年)

西洋の女性美崇拝とは大きく異なる日本人の審美観。それは「自然」こそを美の基本と考える日本人の感性から生まれた美意識だと、八雲は松江での生活体験から感得した。もちろん、それはヨーロッパやアメリカ、そしてカリブ海地域での異文化体験との比較の上に浮き彫りにされ、しぜんに導かれた仮説である。

八雲は、一八九四年に熊本で「極東の将来」というテーマで講演した。そこでは日本人が素朴さを忘れ、贅沢をし、コストが高くなる将来の危険性を危惧し忠告した後、「自然は偉大な経済家である。自然は過ちを犯さない。生き残る最適者は自然と最高に共存できて、わずかなものに満足できる者である。宇宙の法則とはこのようなものである」(中島最吉訳)と述べ、自然との共生がいかに大切であるかを将来の日本の動向を見据えながら説いた。

はからずも八雲が一世紀前に日本で見出した「共生の美学」というテーマは、二十一世紀の地球的課題にもなっている。二十世紀の人間至上主義を克服するためにも、八雲の作品がささやかな灯を照らし続けることを期待したい。

小泉八雲　日本の心

まえがき

小泉八雲《やくも》（Lafcadio Hearn 1850 - 1904）は、日本でもっとも知られている外国人文学者のひとりであろう。いや、むしろ若い人の中には、「えっ、小泉八雲って外国人だったの？」と思う人すらいるかもしれない。それほどに、彼が英語で西洋に紹介しようとした日本の怪談・奇談は人口に膾炙《かいしゃ》しており、実際、小泉八雲作品の翻訳は、これまでにも数多く上梓《じょうし》されている。また、高校生のときなどに「雪女」や「むじな」といった作品を英語の教材として読まれた方も多いと思う。

にもかかわらず、あえて私たちが今回この翻訳を世に問おうとしたのは、小泉八雲についての誤解、とまでは言わないにしても、この明治日本のかけがえのない理解者に対する認識の浅さに対しての異議申し立ての意味もある。

すなわち、小泉八雲の怪談・奇談が有名すぎるあまり、それでは、なぜ、彼がそうした話を英語で海外に伝えようとしたのかという真意が私たち日本人の間で十全に理解されていないのではないだろうかという危惧《きぐ》である。

明治二十三年に来日した小泉八雲は、旧制五高、東大、早稲田大学などで英文学を講じただけでなく、旧松江藩士の娘小泉節子と結婚し、のち日本に帰化した人物である。それほどの「日本びいき」であった彼は、いったい明治日本の何にそれほど惹かれたのであろうか？

富国強兵のかけ声のもと、西洋列強の文明に追いつくことを至上命題としていた明治日本に小泉八雲が注目したのは、むしろ、日本の怪談・奇談の中に発見しうる「伝統的な日本人のこころ」だったというのが、私たちの考えである。

実際、小泉八雲が採録した話の多くは、「今昔物語集」「十訓抄《じっきんしょう》」「古今著聞集《ここんちょもんじゅう》」などの仏教説話集にその原型が見られるし、また、そうした書物は長いあいだ貴族、僧侶、武士などの特権階級の読み物であったにせよ、話の中身は民間伝承として一般庶民の精神形成に大きな役割を果たし、日本人の精神の奥底で生きていたのである。

つまり、小泉八雲はそうした怪談・奇談のかたちをとった民間伝承の中に、日本人のこころの、いわば主調低音をさぐりあて、そうしてそれを愛したのだと思われるのである。だから、小泉八雲はけっして、「日本の怪談や奇談に興味を示した面白い外国人」にとどまるのではなく、仏教の教えや武士道が、日本人のこころの奥深いところに、仏教で言うところの阿頼耶識《あらやしき》の中に、厳然として存在していることを西洋人に伝えようとして筆を執ったのだと考えられるのである。

実際、小泉八雲は、怪談・奇談だけでなく、武士道的な精神の賛美、あるいは開化期のキリスト教宣教師の言動に対する痛烈な批判などを書き残している。そういうわけで、この翻訳集では、全体を二つに分け、第一部「怪談・奇談」、第二部「小泉八雲が見た明治日本」という構成にした。

読者が、この翻訳を読まれることで、新しい小泉八雲の世界を感じ取っていただけたなら、訳者としてこれ以上の幸いはない。

和田久實（監訳者）

目次

第一部　怪談・奇談

第一部　怪談・奇談

雪女

井上雅之

昔、武蔵の国に、茂作《もさく》と巳之吉《みのきち》という樵夫《きこり》がいた。茂作はもう年寄りで、奉公人の巳之吉は十八の若者だった。

二人は毎朝、村から二里ほど離れた森に仕事に出かけた。途中に大きな川があり、渡し舟に乗らねばならなかった。幾度か橋も架けられたのだが、水かさが増すと並みの橋では抗《こう》しきれず、大水《おおみず》のたびに流されてしまうのだった。

ある吹雪《ふぶき》の夕方、茂作と巳之吉は家路をたどっていた。

渡し場に着いたものの、すでに渡《わた》し守《もり》は向こう岸に舟を繋《つな》いで帰ってしまっていた。泳いで渡るなど思いもよらなかったから、ともかく一夜を過ごせる場所があってよかったと、二人は渡し守の小屋に入った。中は二畳ほどで狭く、窓もなかった。火鉢《ひばち》どころか、火をおこす場所もなかった。

茂作と巳之吉は、戸口をしっかり閉め、蓑《みの》をかぶって横になった。さほど寒くはなかったし、じきに吹雪もやむだろうと思っていた。

年寄りの茂作はすぐに寝入ってしまったが、若い巳之吉は、吹きすさぶ風と戸をたたく雪の音で、長いこと寝つかれなかった。川は轟音をあげ、小屋は浮舟《うきふね》のように風にきしみ、揺れた。すさまじい嵐だった。刻一刻と冷え込みは深まり、巳之吉は蓑の下で震えていたが、いつしか寝入ってしまった。


顔に降りかかる雪で巳之吉は目を覚ました。戸口が開け放たれていた。雪明りに真っ白な女の姿が目に入った。女は茂作におおいかぶさり、白く輝く煙のような息を吹きかけていた。

次の刹那《せつな》、女はこちらを向いた。不思議なことに、叫ぼうにも声にならなかった。白い女は、ゆっくりと巳之吉に身を近づけ、ついには顔に触れそうになった。その目は恐ろしく光っているものの、顔は殊のほか美しかった。女は巳之吉を見つめていたが、やがて笑《え》みを浮かべた。

「おまえもあの爺さんと同じ目に遭わせてやろうと思っていたのさ。でも、気の毒になってね。だって、おまえは若いし、ほんとに可愛いからね。……今夜のことを、たとえ、おまえのおっ母さんにでもだよ、口にしたら、殺してしまうからね。わたしにはすべてお見通しなのさ。

……わたしの言葉を忘れるでないよ」

そう言うと、女は巳之吉から離れ、小屋を出て行った。

金縛《かなしば》りが解けた巳之吉は、飛び起きて後を追った。しかし、女の姿はどこにもなかった。ただ雪が激しく小屋の中に吹き込むばかりであった。巳之吉は小屋に戻ると戸口を閉め、心張棒《しんばりぼう》をした。

夢だったのかと思った。あるいは、一条の雪明りを白い女の姿と見まちがえたのかとも思った。だが、判然《はっきり》しなかった。

茂作に声をかけてみたが、返事がないのでぞっとした。暗闇の中で手を伸ばしてみると、氷のようなものに触れた。茂作は凍《い》てついていた。

吹雪は、夜明け前に収まった。

日の出のしばらく後、やってきた渡し守が、硬直した茂作の傍《かたわ》らで気を失っている巳之吉を見つけた。

すぐさま介抱され、じきに巳之吉は意識を取り戻したが、あの夜のひどい寒さが身にこたえ、長いこと寝込んだ。また、不可思議な茂作の死も恐ろしく、白い女についてはだれにも漏らさなかった。

ようやく元気になると、巳之吉は仕事に戻った。毎朝一人で森に出かけ、夕方になると薪《たきぎ》の束を背負って帰ってきた。母親がその薪を売るのを手伝った。

翌年の冬の夕暮れ、家に帰る途中、巳之吉はひとりの若い娘に追いついた。挨拶すると、すらりとしたその器量の良い娘は、小鳥のようなかわいい声で応じた。

並んで歩きながら、娘はお雪と名乗り、このほど二親《ふたおや》を亡くしたので江戸に行くところであると語った。江戸には遠い親戚がいるので、下女の口ぐらいは世話してもらえるだろうという話だった。

話すうち、巳之吉は見れば見るほど美しいお雪に惹《ひ》かれていった。

許婚《いいなずけ》でもいるのかと尋ねると、お雪は「そんな人は……」と笑うのだった。今度は、お雪のほうが巳之吉に独り身かと尋ねたので、面倒を見なくてはならぬ母親がいるが、なにぶん若いため嫁取りの話はまだ来ていないと答えるのだった。

こんな身の上話の後、二人は押し黙ったまま歩いたが、「気があれば、目も口ほどに物を言う」と諺《ことわざ》に言うとおり、村に着くころには、すっかり惹かれあっていた。

巳之吉が「ちょっと家で休んでいかないか」と誘うと、お雪は恥ずかしそうな様子であったが、黙ってついて来た。

母親は食事を出してお雪をもてなした。すぐに母親は品のよいお雪を気に入り、江戸への出立《しゅったつ》を延ばすようにと勧めるのだった。

事の自然な成り行きとして、お雪は江戸には行かずじまいだった。嫁として巳之吉の家に留まったのである。

お雪はすばらしい嫁になった。五年後、巳之吉の母親は亡くなったが、最期《さいご》の言葉は、「お雪さん、おまえほどの嫁はいないよ。ほんとうに世話になったね」というものであった。

お雪は男女十人の子を産んだが、いずれも可愛らしく、色白だった。村人たちはお雪を特別な人だと思っていた。というのも、百姓女はたいてい若くして老け込むのに、お雪は十人の子の母になっても、村に来たときと変わらず若々しく、美しかったからである。

ある夜、子どもたちを寝かしつけて、お雪は行灯《あんどん》の傍らで縫い物をしていた。その姿を眺めているうち、巳之吉は思わず口を開いた。

「そうやって縫い物をしてるおまえを見てたら、十八の時分に、不思議な出来事があったのを思い出したよ。そん時、おまえとそっくりの、色の白い、器量のいい女に会ったんだ。うん、ほんとに、そっくりだったな」

縫い物から目を上げずに、お雪は尋ねた。

「そのひとのことを教えて……。あなた、どこで会ったの」

そこで、つい引き込まれるように巳之吉は、渡し守の小屋で吹雪の夜、白い女に出会ったいきさつを打ち明けた。巳之吉は言葉を継いだ。

「夢にもうつつにも、おまえみたいな別嬪《べっぴん》を見たのは、あん時だけだ。おれはあの女がおっかなかった。今だって、おっかねえ。だけど、色の白い女だったなあ……。あれは、夢だったんだか、雪女だったんだか、よくわからねえんだ」

するとと、急にお雪は縫い物を叩きつけ、すっくと立ち上がると、おおいかぶさるようにして巳之吉に金切り声を浴びせた。

「それは私よ。このお雪よ。私のことを口にしたら殺すと、あの時言ったはずよ。あそこに寝ている子どもたちがいなければ、今ここで殺してしまうところよ」

それからお雪は寝ている子どもたちのほうに目をやった。

「だから、くれぐれも、くれぐれもあの子たちを可愛がってちょうだいね。万が一にも、あの子たちが不満に思ったりしたら、きっとその報《むく》いはするからね」

そう言ううちにも、お雪の声は風の音のようにかすれてゆき、そのからだは融《と》けて白く輝く靄《もや》となり、天井の梁《はり》に立ち昇り、煙出《けむりだ》しから出て行った……。


その後、二度とお雪の姿は見られなかった。

和解

馬場優子

　昔、京の都に、主家の没落により貧窮のどん底に落ちた若い侍がいた。もはや他に術《すべ》は無いと、遠国《おんごく》の国司《こくし》に仕えることにした。仕官の口はあったが、侍は妻を離縁した。もっと家柄のよい女でも妻にすれば出世できるだろうという目論《もくろ》みであった。そして、いくらか名のある家の娘を娶《めと》り任地へつれて行った。

　貧しさと若さゆえの無分別から、気立ても器量もよい妻を棄ててしまったものの、今度の暮らしは楽しいものではなかった。新しい妻は身勝手《わがまま》で、気性も激しかった。すぐに侍は、何かにつけて都の日々を懐かしく思うようになった。今なお前の妻を忘れかね、今の妻よりずっと愛《いと》しく思っている自分に気づいた。何という仕打ちをしてしまったことかと後悔した。

後悔は次第に悔恨《かいこん》へと深まってゆき、いたたまれなくなった。棄ててしまった妻の穏やかな話しぶり、やさしい笑顔、可愛いしぐさ、この上ない辛抱強さを、絶えず恋しく思うのだった。暮らしを助けるため昼となく夜となく機《はた》を織っていた妻の姿を時おり夢に見た。それ以上に夢に現れたのは、自分が置き去りにした小さな部屋で、独り、擦《す》り切れた袖で涙をぬぐう妻の姿だった。

侍は、勤めの最中でも離縁した妻が気にかかり、今の暮らしぶりを思い浮かべるのだった。そして、あの妻のことゆえ、他の男と暮らしてはいないし、必ずや自分を許してくれるだろうと思った。早く京へ戻って妻をさがし出し、精一杯《できるだけ》の償《つぐな》いをしようと心に決めた。しかし、心ならずも歳月は過ぎていった。

やっと国司の許《もと》での任期が明けた。

「さあ、妻の元へ帰ろう。何と酷《むご》い目に遭わせてしまったことか」

侍は、二度目の妻を里へ帰し（この妻には子が授からなかった）、京へと急いだ。京に着くと、旅支度も解かずに、その足で妻と昔一緒に暮らしていた町に赴いた。もう夜は更けていた。

九月十日の晩であった。

町は墓地のように静まり返っていた。明るい月の光で、辺りはよく見えた。妻と暮らしていた家はすぐに見つかったが、だれも住んでいないようだった。茅葺《かやぶ》き屋根には草が伸びていた。

戸を叩いたが返事はなかった。だが、押してみると戸が開《あ》いたので中へ入った。

取っ付きの部屋は畳もなく、荒れ果てていた。ひんやりした風が雨戸の裂け目から入って来た。月の光が、床の間の破れた壁から射し込んでいた。他の部屋もさびれ果てていた。どこにも人の住んでいる気配がなかった。それでも、一番奥の、妻がよく休んでいた部屋へ行ってみた。近づくと、中の明かりに気づき、胸が高鳴った。襖《ふすま》を開けると、行灯《あんどん》の明かりに機を織る妻の姿があった。

侍は思わず声を上げた。二人の目が合った。妻はたいそう驚いた様子であったが、嬉しそうに微笑んだ。

「よう戻ってきてくれはりましたな。暗かったのに、うちがここにいるとようおわかりになはりましたなぁ」

長い歳月を経ても、その若く美しい姿は昔のままであった。驚きと嬉しさとで震えがちな妻の声は、侍の耳に甘く届いた。

侍は妻の横に腰を下ろすと、思いの丈《たけ》を打ち明けた。どれほど自分の身勝手を悔やんでいるか、どれほど別れた後の暮らしが惨めであったか、どれほど離縁したことを嘆いていたか、どれほど再び一緒に暮らしたいと願っているかを。侍は妻をやさしく抱きしめ、何度も許しを乞うのであった。

妻の言葉は、思いやり深かった。

「そんなにご自分を責めんとおくれやす。うちのせいで、あんさんがお苦しみにならはることはあらしまへんえ」

元来《もともと》、妻は侍を自分には過ぎた良人《おっと》であると思っていた。それに、侍が自分を離縁したのは貧しさのゆえにすぎぬとよく分かっていた。何よりも一緒に暮らしていた時分、侍はいつも優しく、思いやりがあった。だから妻は棄てられても、侍の幸福《しあわせ》を絶えず神仏に祈っていたのだった。

妻は侍を宥《なだ》めた。

「うちのところに来てくれはっただけで、うちは嬉しいんですえ。ほんまに、一時《いっとき》の間《ま》でも、うちはあんさんと一緒にいられるのやさかいに」

「一時だと」

侍は、声を強めた。

「なあ、おまえ、七生《しちしょう》と言ってくれぬか。幾度《いくたび》生まれ変わっても拙者はおまえと暮らすのだからな。二度とおまえを離しはせぬ。今の拙者には、富もあるし、多くの家来もある。もう何も心配は要らぬ。明日にも拙者の荷駄《にだ》がここへ届こう。おまえにも家来をつけよう。この家も立派にしよう。とは言え今は何も見せてやれぬが……」

侍は少し口ごもった。

「夜分ゆえ、旅支度も解かぬまま参ったからな。だが、それもおまえに早く会いたい一心からなのだ」

妻は、侍が遠国に去った後のさまざまな出来事を語った。しかし、わが身の苦労は口にしなかった。二人の話は夜が更けるまで尽きなかった。

それから妻は、南向きの暖かい部屋へ侍を誘《いざな》った。二人が夜を過ごしていた部屋だった。妻が自分で寝床を敷き始めたので、侍は尋ねた。

「何だ、召使はおらぬのか」

「いやしまへん」

妻は屈託ない様子であった。

「ずっと、うちだけでやってきたんですえ」

「そうだったのか。では早速、明日にも家来をつけるとしよう。要りようのものは何でも揃えてやろう」

床《とこ》に就《つ》いたが二人は眠れなかった。昔の思い出を、今の境遇《ありさま》を、二人の行く末を、夜が白むまで語り合った。いつしか侍は眠ってしまった。

侍が目を覚ますと、眩《まぶ》しい陽の光が雨戸の裂け目から差し込んでいた。侍は仰天した。朽《く》ち果てた床の、剥《む》き出しの板の上で寝ていたからだ。

「あれは夢だったのか。いや、そんなはずはない。確かに妻はここにいた。拙者の隣にいた」

寝ていた妻の方に体を向けてみた。その刹那《せつな》、侍は悲鳴を上げた。経帷子《きょうかたびら》に包まれた首の無い骸《むくろ》だけがあった。腐り果て、わずかの骨と縺《もつ》れた長い黒髪《かみ》だけが残っていた。

侍は昼の光の中で身ぶるいし、吐き気を覚えながら、よろよろと立ち上がった。次第に凍りつくような恐怖が、妻を永遠に失ってしまった悲嘆《かなしみ》と苦痛《くるしみ》に変わっていった。

しかし、侍は何者かに欺かれているのかもしれぬと思い直し、妻の事情《いきさつ》を知ろうと思った。

余所者《よそもの》のふりをして、侍は妻が住んでいた家のことを尋ねてみた。

「あのお家は、どなたはんも、住んでいやはらしまへんえ」

尋ねた女は答えた。

「昔、京を出て行かはったお侍はんの、奥方はんが住んでいやはりました。お侍はんは、そのお方を離縁しやはったそうや。それで他の女子《おなご》はんと一緒にならはったんですわ。棄てられはった奥方はんは、さんざん苦しんだはったけど、とうとう病に伏せられてしまわはったんですわ。お気の毒に、この都には親類《みより》も、世話してくれはるお人もいやはらしまへんでしたんえ。そうして、その年の内に亡くなってしまわはったんえ。――九月十日のことどしたなぁ」

耳なし芳一《ほういち》の話

荻野祥生

七百年余り前、下関海峡の壇《だん》ノ浦《うら》で、平家と源氏の長い確執に決着をつける最後の合戦があった。その戦《いくさ》で、女、子ども、安徳《あんとく》幼帝も、すべて殺され、平家一族は滅びた。以来、壇ノ浦の海は平家の怨念にとり憑《つ》かれているのである。

どこかで私はこの壇ノ浦で見られる奇妙な蟹のことを書いた覚えがある。平家蟹《へいけがに》と呼ばれるその蟹は、平家の怨念で、甲羅が人面のように見えるのだと言われている。

今でも壇ノ浦では気味の悪い出来事が多く見聞される。何千もの火の玉が、暗い夜の浜辺をさまよっていたり、漁師が鬼火《おにび》と呼ぶ青白い光が波の上をひらひらと飛んでいたり、あるいは、風の強い時は、戦いの雄叫《おたけ》びが海から聞こえてきたりするのである。

合戦のすぐ後は、平家の亡霊たちの怨念はことさら凄まじかった。夜になると、舟を沈めようとしたり、泳いでいる者を海に引き込もうとしたりした。

こうした平家の亡霊たちを慰めるために、阿弥陀寺《あみだじ》という寺が、赤間関《あかまがせき》（今日の下関）に建立《こんりゅう》された。入水《じゅすい》した安徳天皇や重臣たちの墓碑も近くの浜辺に建てられ、毎年法事が営まれた。

その後、平家の亡霊たちは以前よりおとなしくなったが、時おり不思議な出来事を起こした。まだ安らぎを得ていないあかしのように。


数百年前、赤間関に、芳一《ほういち》という目の見えない琵琶法師《びわほうし》がいた。幼いころから琵琶と吟唱《ぎんしょう》を習い、まだ子どものうちに師匠を追い越すほどであった。

芳一はとくに平家物語の吟唱で名が知られていた。実際、芳一が壇ノ浦の合戦の段を吟じると、鬼神でさえ涙を抑えかねると言われていた。

幼いころ芳一はたいそう貧しかったが、阿弥陀寺の和尚が面倒を見てくれた。和尚は詩歌《しいか》と音曲を好み、芳一をしばしば寺に招いた。そのうち、和尚は、芳一をいたく気に入り、いっそ寺に住んではどうかと勧めた。芳一はこの申し出を有難く受け入れ、時おり和尚に吟唱を披露した。

ある夏の夜、和尚は檀家《だんか》の葬儀に寺男《てらおとこ》を連れて出かけ、芳一は独り寺に残された。その夜はたいそう暑く、芳一は涼を求めて自分の部屋の前の縁側へ出た。そこは阿弥陀寺の裏手の小さな庭に面していた。

芳一は心細さを紛らわそうと、琵琶を弾きながら和尚の帰りを待った。真夜中を過ぎても和尚は戻らなかった。だが、部屋は蒸し暑かったので、芳一は縁側に残っていた。

やっと門の方から足音が聞こえた。庭を横切り、こちらへやってきた。そうして、目の前で止まった。

「芳一」

「芳一」

いきなり芳一の名が低い声で呼ばれた。和尚の声ではなかった。侍が目下の者を呼びつけるような荒々しい口ぶりだった。芳一は、突然のことに返事ができずにいた。

「芳一」

今度は、厳《いかめ》しく呼ばれた。

「はい」

芳一は声の鋭さに怯えた。

「どなたでしょうか。私は目が見えないのです」

「何も恐れるには及ばぬ」

声は穏やかに言った。

「拙者は、やんごとない主上《しゅじょう》の命により参上したのじゃ。主上は今、赤間関に逗留しておられる。そして今日、壇ノ浦の合戦の地を見物された。お前の評判をそこで耳にされ、今宵、早速、吟唱を所望《しょもう》されたのじゃ。かような次第ゆえ、今から拙者がお前を主上のもとに案内つかまつる」

当時は、侍の命令には逆らえなかったのである。芳一は草履《ぞうり》を履き、琵琶を持つと、侍に手を引かれて外へ出た。侍は目の見えぬ芳一を巧みに導いていったが、たいそう速く歩かせた。侍は鉄の篭手《こて》をつけていた。また、歩くたびに鳴る音から、鎧《よろい》に身を固めているのがわかった。おそらく、どこかの御所《ごしょ》の北面《ほくめん》の武士であろう。「やんごとない主上」という侍の言葉を思い出し、芳一は運が開けるのを感じていた。自分の吟唱を聞きたいという侍の主君は、高貴な公卿《くぎょう》ではないかと思った。芳一が最初に抱いた不安は消えていた。

やがて侍は歩を止めた。

「開門」

侍が声を上げると、ゆっくりと大きな門がひらく音がした。芳一は、「この町に阿弥陀寺の表門のほかに、これほど大きな門があっただろうか」といぶかった。二人は門をくぐった。

広い庭を通り抜けると、侍は再び声を上げた。

「芳一を連れて参った」

すると、せわしい足音とともに、御簾《みす》や格子戸が開けられ、女たちの話し声が聞こえた。芳一は、その言葉づかいから、官女たちだとわかった。しかし、自分がどこの御所に連れてこられたのか見当もつかなかった。

手を借りて石段を登り切ると、草履を脱ぐよう命じられた。それから、官女に手を引かれ、果てしなく続く磨き上げられた廊下、数え切れぬほどの柱の間を通り、広間に案内された。衣《きぬ》擦《ず》れの音が、森の葉音《はおと》のようであった。多くの人の気配がし、ひそやかに話す声も聞こえた。大宮人《おおみやびと》の言葉であった。

芳一は支度をするよう命じられ、自分のために座布団が用意されているのに気づいた。琵琶を合わせ終わると、ひとりの女が声をかけてきた。官女たちを束ねる老女《ろうじょ》であろうと思った。

「芳一、主上は平家の物語をご所望なんや」

平家物語をすべて吟唱するには幾夜もかかるのである。そこで芳一は、恐る恐る尋ねた。

「今宵一夜ですべて吟じることはかないませぬ。どの段を……」

老女は命じた。

「さよか。ならば、ひとしお哀れみ深いゆえ、壇ノ浦の合戦をしてたもれ」

芳一は、声を張り上げ、荒れた海での戦の段を吟唱した。芳一の琵琶は、櫂《かい》の鳴る音、船が進む音、唸りを上げて飛び交う矢音、雄叫び、走りまわる音、鋼《はがね》の兜《かぶと》がぶつかる音、水しぶきを浴びて切り結ぶ音を、みごとに奏でた。

吟唱が一段落するたび、芳一は左右から賞賛の声を聞いた。

「なんとも、みごとな琵琶法師じゃのう。これほどのものは聞いたことがおじゃらぬ。国中を捜しても、芳一ほどの琵琶法師はおるまいて」

芳一は、さらに力が湧いてきて、これまでになく巧みに吟唱できた。

一同の間に静かな感動が深まっていった。

とうとう、哀れにも女子どもまでが殺され、二位《にい》の尼《あま》が幼い帝《みかど》を抱いて海に身を投げる場面にさしかかると、聞く者たちは皆、長い、身震いするような悲痛の声を上げた。一同があまりに大きな声で泣き叫ぶので、芳一自身、驚いてしまった。吟唱が終わっても、悲しみ、哀れむ声はやまなかった。


悲鳴にも似た泣き声は、次第に静まっていった。

長い静寂の後、老女の声がした。

「なるほど、みごとな腕や。今宵、こうして聞いてみると、そなたほどの琵琶法師がこの世にいようとは、ほんに驚くばかりや。

主上も、殊《こと》のほかお喜びでな、褒美《ほうび》を取らせよとの仰せや。主上は、そなたに明日から六日の間吟唱させよとお命じになられた。その後、都にお戻りになられる。明晩も同じ時刻に来てたもれ。今宵の侍に案内《あない》させせまする。

もうひとつ、そなたに言い聞かせておくようにとの仰せや。主上が、赤間関におられることは他言無用にな。お忍びの旅なのでな。さて、今宵はご苦労やったな。もう阿弥陀寺に戻ってよろし」

芳一は、恭《うやうや》しく礼を述べると、官女に手を引かれて外へ出た。先ほどの侍が待っていた。侍は芳一を阿弥陀寺の裏手の庭まで連れ帰ると、労をねぎらい、立ち去った。

もう外は白みかけていた。芳一が寺を出る姿は見られていなかった。夜更けに帰ってきた和尚は、芳一はもう眠っていると思っていた。

芳一は昨夜の不思議な出来事についてはだれにも言わなかった。そして昼の間、少し眠った。

その夜、昨日の侍がまた芳一を御所に案内した。芳一の吟唱は、またもや大宮人たちの心を震わせた。

だが、今度は寺を空けたのを寺男に見られてしまった。朝、寺に戻ると、芳一は和尚に呼び出された。和尚は穏やかに芳一をたしなめた。

「芳一、心配しておったのじゃ。かような夜更けに、独りで出回るとは危険千万ではないか。どうして一言かけてくれなかったのじゃ。さすれば寺男をつけてやれたものを。いったい、どこへ出かけていたのじゃ」

芳一は、はぐらかすように答えた。

「いや、ちょっと所用がございまして」

和尚は、芳一の態度に気分を害するより、むしろ、ただならぬものを感じた。芳一が怨霊の類にとり憑かれているのではないかと案じたのである。和尚はそれ以上何も言わなかった。しかし、ひそかに寺男に、芳一の動きを見張り、また夜更けに寺を出たら後をつけるよう命じた。

その夜も芳一は寺を出た。寺男は、すぐさま提灯《ちょうちん》を手に芳一の後をつけた。その晩は雨で、たいそう暗く、寺男が表の道に出ると、すでに芳一の姿は消えていた。芳一が思いもよらぬ速さで歩いていったのは明らかだった。何とも奇妙であった。芳一の目は見えないのだし、道はぬかるんでいたのだから。

寺男は芳一の顔見知りの家を一軒一軒尋ね回ったが、だれも芳一を見た者はなかった。あきらめて、もう帰ろうと海沿いの道をやってくると、阿弥陀寺の墓地の方から狂ったような琵琶の音がした。墓地は暗闇に包まれていた。ただ、鬼火だけが目に入った。寺男は墓地へ急いだ。

そこには雨の中、独り、安徳天皇の御陵《ごりょう》の前で琵琶を掻き鳴らし、壇ノ浦の合戦を吟じている芳一の姿があった。芳一を取り囲むように、また、墓地のいたるところにも、数知れぬ鬼火が、蝋燭《ろうそく》のように燃えていた。かつてこれほどの鬼火が現れたことはなかった。

「芳一さん、芳一さん」

寺男は、大声で呼びかけた。

「目を覚ましなされ、芳一さん。これは怨霊の仕業でござる」

しかし、芳一には寺男の声が耳に入らぬようであった。一心に琵琶を掻き鳴らし、ますます激しく壇ノ浦の合戦を吟じた。

寺男は、芳一の体をゆすり、耳元で怒鳴った。

「芳一さん、しっかりなされ、芳一さん。すぐに寺へ戻るのじゃ」

芳一は、厳《おごそ》かにたしなめた。

「邪魔だてするでない。高貴なかたがたの御前《ごぜん》であるぞ」

この芳一の殿上人《てんじょうびと》のような物言いに、不気味な出来事の最中でありながら、寺男は吹き出しそうになった。明らかに、芳一はとり憑かれていた。寺男は芳一の体をつかむと、大急ぎで寺へ連れて帰った。


芳一はすぐさま濡れた着物を替えさせられ、あたたかい食事を与えられた。芳一がおちつくと、和尚は包み隠さずわけを話すよう迫った。

長いこと、芳一はためらっていた。しかし、世話になっている和尚が、本当に自分の身を案じ、怒っているのがわかると、とうとう打ち明ける気になった。芳一は、侍がやってきて以来の一部始終を話した。

和尚は肯いた。

「困ったことになったのう、芳一。今、お前は命を奪われようとしているのじゃ。もっと早く打ち明けてくれれば、こんな目に遭わずにすんだものを。これもお前の吟唱がみごとなゆえじゃ。

今では、自分が、御所ではなく、平家の墓地にいたのだとわかっておるじゃろう。今宵、雨の中でお前が座っていたのは、安徳天皇の御陵の前じゃ。亡霊たちの声のほかは、すべて幻だったのじゃよ。誘いに乗ってしまったゆえ、お前は亡霊たちの手に落ちたのじゃ。このままだと、八つ裂きにされてしまうじゃろう。

わしは、明日の夜も法事に呼ばれておるゆえ、ついていてやれぬ。じゃが出かける前に、お前の身を守ってくれるお経を体に書いてやるから、何も怖れることはない」

日が暮れる前に、和尚と寺男は、芳一の着ている物をすべて脱がせた。そして、胸、背中、頭、顔、首、腕、手、足、さらには足の裏にも、筆で般若心経《はんにゃしんぎょう》の経文を書いた。書き終わると、和尚は芳一に言い聞かせた。

「わしが出かけたら、縁側に座っていなされ。亡霊たちはお前をまた迎えに来るじゃろう。しかし、何が起きても、口をきいてはならぬ。動いてもならぬ。座禅を組んで、ただ無心でいなされ。わずかでも、体を動かし、音を立ててしまえば、八つ裂きにされてしまうからな。

助けを呼ぶことも無用じゃ。他に助かる道はないからじゃ。しかし、じっとそうしていれば、必ず、お前は危難を免れるじゃろう」

和尚はその夜、寺男を連れて出かけて行った。芳一は教えられたとおりの姿で縁側に座っていた。琵琶を傍《かたわ》らに置き、座禅を組み、咳《せき》はおろか、息をするにも音を立てぬようにしていた。長い間、芳一はそのままの姿でいた。

やがて、足音が道の方から聞こえた。門をくぐり、庭を横切り、縁側に近づいてきた。すぐ目の前で、足音は止まった。

「芳一」

侍が呼んだ。

芳一は、息を殺し、じっと座っていた。

声は、不機嫌そうに、もう一度呼んだ。三度目には、荒々しい声を上げた。だが、芳一は石のように動かずにいた。

「芳一」

すると、声は呟《つぶや》いた。

「どうしたことだ。……返事がない。……そんな筈はない。……よし、奴をさがすとしよう」

縁側へ上ってくる重い足音がした。足音は、用心深く近づいてくると、芳一のすぐそばで止まった。長い沈黙があった。芳一は必死に体の震えを悟られまいとしていた。

耳元で、しわがれた声がした。

「琵琶は、ここにある。だが、この二つの耳しか見えぬ。口がないゆえ、返事ができぬのか。……仕方がない。では、この耳を主上に献上するとしよう。拙者が務めを果たしたあかしにな」

次の刹那《せつな》、芳一の耳は鉄の指につかまれ、引きちぎられた。芳一は、声ひとつ上げなかった。

侍の足音は、縁側から庭へ下り、道へと出て行き、やがて消えた。頭の両側から、どろどろした生暖かいものが、ぽたぽた落ちるのを感じていた。しかし、それでも芳一はからだを動かさなかった。


夜が明ける前に、和尚は帰ってきた。和尚はすぐに寺の後ろの縁側へ駆けつけた。すると、何かねばねばした物に足をとられた。和尚は驚いた。提灯の明かりで血だとわかったからだ。そうして、座禅を組んでいる芳一に気づいた。まだ、血が流れていた。

「芳一」

和尚は、たまらず大声を上げた。

「いったい、どうしたのじゃ……」

和尚の声に、芳一は泣き出した。それから涙ながらに事情を話した。

「何ということじゃ……。すべては、このわしの過《あやま》ちじゃ……。芳一よ、わしは取り返しのつかないことをしてしまった。お前のからだには、すみずみまで経文を書いたつもりでおった。

だが、耳を忘れてしまった。そこは寺男に任せたのじゃが、ちゃんと書いたものとばかり思っておって、確かめなんだのは、このわしの過ちじゃ。どうか許しておくれ。とにかく、お前の傷を一刻も早く治さねばならぬ。しっかりしろ、芳一。危難は去ったのじゃ。お前は、二度と平家の亡霊にとり憑かれることはないのじゃ」

名高い医者の手当ての甲斐あって、芳一の傷はまもなく癒えた。芳一を襲った奇妙な出来事の話は方々へ広がった。瞬く間に芳一は、その名を知られるようになった。芳一の吟唱を聞きに高貴な人たちが大勢赤間関を訪れ、褒美を与えた。芳一は裕福になった。

しかし、この後、芳一は、「耳なし芳一」という異名でのみ知られるようになってしまった。

食人鬼《じきにんき》

下川理英

禅僧夢窓国師《むそうこくし》が、独りで美濃《みの》の国を行脚《あんぎゃ》していたおり、山中で道に迷った。あたりには道を尋ねる人とてなく、長いこと歩き回っていたが、今夜は宿も見つからぬだろうと諦め始めた。すると、残照に浮かぶ山の上に庵室《あんじつ》（世を捨てた僧侶の住居）が見えた。荒れはてているようだったが、これ幸いと歩を速めると、そこには、ひとりの年老いた僧がおり、夢窓は一夜の宿を求めた。ところが老僧は頑なに泊めるのを断り、近くの谷あいの村への道を教えたのだった。

行ってみると十軒ほどの農家があるばかりだったが、夢窓は村の長《おさ》の家にあたたかく迎えられた。大広間には村人が何十人も集まっていたが、夢窓は隣の小部屋に通された。すぐに食事が出され、夜具の仕度もされた。疲れていた夢窓は早めに床に就いた。

子《ね》の刻《こく》少し前、夢窓は隣の大広間の大勢の泣く声で目が覚めた。やがて襖《ふすま》が静かに開き、若い男が提灯を提げて入ってきた。男は丁重に挨拶した後、話し始めた。

「お坊さま、お話《はなし》がございます。手前《てまえ》はこの家の長男でございます。実は、先ほど父の跡を継いで村の長になりました。お疲れのご様子でしたので、ご迷惑と思い申し上げなかったのですが、数刻前、父が亡くなったのでございます。お坊さまがごらんになった隣の大広間におりましたのは、村の者たちでございます。皆、亡き父との最後の別れに集まってくれたのでございます。

手前どもは、これから一里ほどむこうの隣の村へ参るところです。村の掟では、死人が出た日の夜はだれも村に残ってはならぬのです。そこで手前どもは、供え物をし、お経を上げてから、亡骸《なきがら》だけを残して村を出るのです。すると、死人の出た家ではいつも奇怪なことが起きるのです。お坊さまも、手前どもと一緒に村を出られてはいかがでしょう。隣の村でよい宿を見つけてさし上げましょう。

とは申せ、お坊さまは、み仏《ほとけ》に仕える身。死霊も怨霊も、物の数ではござりますまい。お坊さまが亡き父と夜を明かされるのでしたら、このあばら家に残られても一向にかまいませぬ。お坊いや、お坊さまほどのお方でしたら、さだめしそうなさろうと思われることでしょうが」

夢窓は軽く肯いた。

「お手前のお心づかい、それにねんごろなおもてなし、かたじけのうござる。じゃが、もっと早く父上のことを教えてくださらなかったのは残念でござった。拙僧は疲れてはおり申したが、お勤めをするだけの気力は残っておりましたゆえ。知っておりましたら、経のひとつも上げ申したでしょうに。

ともかく、これからお勤めをさせていただきましょう。そうして朝まで父上のおそばにおりましょう。それにしても、父上のおそばにいるとなぜ身に災《わざわ》いがふりかかるのか、拙僧には合点《がてん》がゆきませぬ。しかし、拙僧は、死霊や怨霊なぞ恐れませぬゆえ、心配は無用でござる」

村の長は、夢窓の頼もしい言葉に喜び丁重に礼を述べた。すると、隣の大広間で夢窓の言葉を聞いていた家族の者たちも入ってきて、深々と頭をさげた。村の長は口を継いだ。

「お坊さまを残してゆくのは心苦しいのですが、そろそろ、おいとませねばなりませぬ。村の掟で、子《ね》の刻《こく》より後はだれもここに残れないのです。では、くれぐれもお気をつけくださいませ。お坊さま、何か不思議なものを見たり聞いたりなされたら、明日の朝手前どもが戻って参りましたおりに是非お話しくださいませ」

村人たちは去り、夢窓だけが残された。亡骸を祀《まつ》った部屋に行くと、供え物があり、灯明《とうみょう》が灯されていた。お経を上げた後、座禅を組み、数刻を過ごした。ひと気のない村は静寂に包まれていた。

夜のしじまが深まったころ、ぼんやりとした大きな影が、音もなく入ってきた。その刹那《せつな》、夢窓は金縛りにあい、口もきけなくなった。夢窓は、影が両手で亡骸を持ち上げ、猫が鼠を食らうよりも素早く食らいつくのを見た。影はまず頭を食べ、そして髪も、骨も、経帷子《きょうかたびら》も次々に食べ尽くした。供え物も残らず食べてしまった。そうして、影は入ってきたとき同様、音も立てず出て行った。


次の朝、夢窓は村人たちを玄関で出迎えた。皆、かわるがわる挨拶した。村人たちが家に入り部屋を見回すと、亡骸も供え物もすべて消えていた。しかし、だれも驚く様子がなかった。

「お坊さま、何かけがらわしいものをごらんになりませんでしたか。皆、お坊さまの身を案じておりました。でも、ご無事で何よりでございました。手前どももご一緒したかったのですが、ゆうべ申し上げたとおり、村の掟ゆえ出て行った次第です。掟を破ると、いつも何か災いが起きるのです。掟どおりにしますと、いつも亡骸と供え物が消えているのです。お坊さまはそのありさまをごらんになったことと思いますが」

夢窓は、ぼんやりとした大きな影が部屋に入ってきて、亡骸と供え物を食べ尽くした様子を話した。だれも夢窓の話に驚いたようには見えなかった。

村の長は肯いた。

「いかにも、お坊さまのお話は昔からの言い伝えどおりです」

「じゃが、山の上の僧は化け物を退治してはくれぬのか」

「山の上のお坊さま、と申されますと」

「拙僧は山の上の年老いた僧に教わったゆえ、この村に来たのじゃ。きのう拙僧は山の上の庵室を訪れた。その僧は泊めてはくれなんだが、ここへの道を教えてくれたのじゃ」

村人たちは驚いたように顔を見合わせた。しばしの沈黙があった。村の長が、おもむろに口を開いた。

「お坊さま、この辺りには僧などおりませぬが。……庵室もありませぬ。……何代にも僧など住んではおりませぬ」

夢窓は何も言わなかった。世話になった村人たちが、明らかに自分を狐にでもつままれていると思っているようだったからである。

夢窓は村人たちに道を教わり出立《しゅったつ》した。しかし、もう一度この目で確かめようと庵室をさがした。じきに庵室は見つかった。老僧は、今度は夢窓を中に招き入れると、夢窓にひざまずいた。

「恥ずかしゅうござる。何とも恥ずかしゅうござる。何という恥ずかしい身のありさまでござりましょう」

「泊めてくださらなかったくらいで、それほど恥ずかしゅう思われますな。そなたはあの村を教えてくだされた。おかげで拙僧はそこの者たちにあたたかく迎えられ申した。まことにかたじけのうござった」

「愚僧はだれもお泊めできぬのでござる。お泊めしなかったのを恥じているのではござらぬ。恥ずかしいのは、愚僧の本当の姿を昨夜《ゆうべ》お見せしてしまったからでござる。お察しのとおり、愚僧は食人鬼《じきにんき》でござる。人肉を食べる鬼でござる。どうぞ愚僧を哀れと思《おぼ》し召《め》しくだされ。かような身に落ちぶれはてたわけを、なにとぞお聞きくだされ。

……もともと愚僧はこの土地の僧でござった。このあたりには、何代にも他《ほか》に僧がおりませなんだ。その時分、村人の亡骸は、ここに運ばれて来たものにござった。遠い土地から運ばれて来ることもござった。じゃが、愚かにも、この尊い勤めで飯や着物さえ得られればよいと思っており申した。かような身勝手な信心のゆえ、死ぬとすぐ食人鬼に生まれ変わったのでござる。それ以来愚僧は、村人の亡骸を食らわねばならぬ身に堕《お》ちたのでござる。どうか愚僧のために施餓鬼《せがき》をしてくだされ。お願いでござる。なにとぞ貴殿《きでん》のお力で愚僧を救ってくだされ。さすればこの恐ろしい境遇から逃れられましょう」

そう言うと、老僧の姿は消えてなくなり、荒れはてた庵室もたちまち消えた。

夢窓は高く生い茂る草の中にひとり座っていた。傍らには、五輪石《ごりんいし》と呼ばれるかたちの、僧侶のものらしい苔《こけ》むした墓があるのみであった。

ろくろ首

金行章一郎

五百年近く前、九州の菊池侯に仕える磯貝《いそがい》平太《へいだ》左衛門《ざえもん》武連《たけつら》という侍がいた。

武連は武門の誉れ高かった祖先たちの血を受け継ぎ、生来武芸にすぐれていた。子どものときから剣、弓、槍では師匠を上回るほどであり、長じては勇敢な武士として腕を鳴らし、永《えい》享《きょう》の戦《いくさ》では多くの武勲を立てた。

しかし、菊池家の没落により武連は浪人になった。よその大名に仕えることもできたのだが、自分だけの功名を求めるのを潔《いさぎよ》しとしなかった武連は、忠誠心もあり、むしろ世を捨てようと髪を切り雲水《うんすい》になった。

法名《ほうみょう》を回龍《かいりょう》と名乗ったが、武士の魂は法衣《ほうえ》の下でそのまま生きていた。当時は多くの戦があり、旅は僧侶の身でも安全ではなかった。しかし、回龍は危険をものともせず、天候や季節にかまわず、あえてほかの僧侶が行かないような場所を行脚《あんぎゃ》しては仏法を説いていた。

初めての長旅のおり、回龍は甲斐《かい》の国にやってきた。ある日のこと、山中を歩いているうちに日が暮れてきた。人里離れたところだったので、今夜は星を眺めて野宿しようと、手ごろな草むらを見つけ横になった。

日ごろから回龍はほかに寝るところがなければ、むしろ良い修行だと松の根を枕にし岩の上で寝た。鉄のように鍛え上げられていた回龍は、夜露も、雨も、霜も、雪も平気だった。

しばらくすると、斧を手に、薪《たきぎ》の束を背負った樵夫《きこり》がやってきた。樵夫は、道端で寝ている回龍を黙って見守っていたが、いかにも驚いたという口ぶりで声をかけた。

「おや、お坊さま。こんなところで野宿なさるとは、いったいどういうお方じゃ。このあたりは物騒だと知っておいでか。化け物が怖くはございませんか」

回龍は陽気に答えた。

「お主、わしはただの雲水じゃが、お主の言う化け物とやらが狐狸《こり》のたぐいなら、いっこうに恐れてなどおらぬ。それに、わしは寂しい場所がことのほか好きなのじゃ。禅定《ぜんじょう》にはもってこいだからな。野宿には慣れておるし、第一、命を惜しむような修行はしておらぬぞ」

「なんとも豪気なお坊さまじゃ。しかしここいらは、たいそう危険だという噂でございます。

君子危うきに近寄らずと、ことわざにも申すではありませんか。わざわざこんな所で野宿なさるには及びません。今晩は私のあばら家にお泊りなさりませ。雨露ぐらいはしのげまする」

樵夫は熱心に勧めた。回龍は、樵夫の親切な物言いが気に入ったので、そうすることにした。

山中の狭い道を回龍は樵夫についていった。岩や木の根だらけの険しい、曲がりくねった道だった。絶壁を歩いたり、足を滑らしそうになったりしながら登っていった。

とうとう二人は丘の上の小さな空き地に出た。満月が頭上で輝いていた。目の前の粗末な萱《かや》葺《ぶ》きの家にはあたたかい明かりがともっていた。樵夫は回龍を裏手の小屋に案内した。そこには近くの小川から竹の樋《とい》で水が引かれていた。二人はその水で手足を洗った。野菜畑が近くにあり、杉林や竹林も見えた。そのずっと向こうには、高い滝が月に照らされていた。

回龍が樵夫について家に入ると、男女四人が広間で小さな炉に手をかざしてすわっていた。四人は回龍に深々とお辞儀し、うやうやしく挨拶した。回龍は、「このような貧しい暮らしぶりで、しかもこんな山奥に住む人たちが、これほどきちんとした挨拶ができるものだろうか」と訝《いぶか》った。しかし、「だれかが礼儀作法を教えただけなのだろう、この人たちは善男善女《ぜんなんぜんにょ》にちがいない」と思い直した。

それから、回龍は家の人たちが「あるじ」と呼ぶこの樵夫に声をかけた。

「あるじ殿、先ほどからの親切な物言い、それにご家族の礼儀正しさからして、貴殿は元々は樵夫ではございませぬな。ひとかどの人物とお見受けしたが」

あるじは笑顔を浮かべた。

「御坊、いかにも左様でござる。今ではお見かけ通りのありさまじゃが、実を申せば、わしは、さる大名に仕える侍でござった。では、落ちぶれた男の身の上話をさせていただくとしよう。……すべては、身から出たさびなのじゃが。

わしは、酒と女に狂ったばかりか、身勝手で残酷なふるまいばかりしておった。とうとう我が家は断絶と決まり、やけになったわしは多くの人を殺《あや》めてしまった。挙句、追手から身を守るため、こうして長いあいだ身を隠して暮らすはめになったのでござる。

今では、おりをみては経を上げて自分が犯した罪の許しを乞い、先祖代々の我が家の再興を願っている次第でござる。しかし、そのような願いも、結局叶わぬのではと恐れているのでござるが、ともかく、できるかぎり人助けをして、この悪因果《あくいんが》から逃れようと努めているところでござる」

回龍は、あるじの善良な心根《こころね》をうれしく思った。

「あるじ殿、よくぞ申された。拙僧は年をとってから若い時分の過《あやま》ちをつぐなった人たちを、これまでずいぶん見てまいった。仏典にも、最大の悪を行う力は、心を入れ換えれば最高の善を行う力に転じると説いてござる。貴殿のお心がけならば、必ずや運が開けましょうぞ。今宵は拙僧が、貴殿が昔の悪因果を断ち切る力を得られるよう、お勤めをして進ぜましょう。それでは、あるじ殿はもうお休みなされ」

回龍はとなりの小さな部屋に通された。寝床が用意されていた。皆、眠ってしまったようだったが、回龍は行灯の明かりをたよりに、あるじのためにお経を上げた。その後も、読書したり読経《どきょう》したりして長い間起きていた。

床に就く前に、窓をあけ、外を眺めた。美しい夜だった。空は澄み渡り、風もなかった。月の光が草木の影を濃くさせ、夜露を照らしていた。集《すだ》く虫の音と、遠くの滝の音が聞こえた。その音を聞いているうち回龍はのどの渇きを覚えた。裏手の小屋の竹樋《たけどい》を思い出し、そこで水を飲む分には、眠っている人たちの邪魔にならないだろうと思った。そっと広間との境の障子をあけた。すると、提灯の明かりで、寝ている五人の姿が見えた——しかし、何と、首がなかった。

一瞬、回龍はわが目を疑い、皆殺しにでもあったのかと思った。しかし、すぐに、血も流れておらず、首は斬られたようでもないのに気づいた。

「わしは、化け物にだまされているのか、それともろくろ首の棲家《すみか》におびき寄せられたのか。……『捜神記《そうしんき》』という書物には、首のないろくろ首の体を見つけた場合には、その体をよそに移せば、首は二度と体に戻れぬともある。……戻って来て自分の体を見つけられぬと、首は、鞠《まり》のように、三度《みたび》、自分を床《ゆか》に打ちつけ、ひどく苦しんで、じきに死んでしまうともある。……こいつらがろくろ首なら、『捜神記』の言うとおりにするのに何の遠慮が要るものか」

回龍は、両足をつかんであるじの体を窓のところに引きずって行き、外に放り投げた。

戸口に回ってみると鍵がかかっていたから、首どもは屋根の煙穴《けむりあな》から出て行ったのだろうと思った。静かに鍵をあけ、あたりに気をくばりながら、そっと野菜畑から林に向かった。すると話し声が聞こえてきた。急いで木の間隠《こまがく》れに声のほうに近寄って行くと、身を隠すのに絶好の場所が見つかった。

目をこらすと、大きな木の向こうで、五つの首が空を飛び回りながら声をかわし、虫を食べているのが見えた。

あるじの首が、食べるのをやめて言った。

「うーむ、あの雲水ときたら、何と大きな体をしていることか。奴《やつ》を食らえば、今夜は腹がくちくなるぞ。……俺が奴にあんなことを言ってしまったのは失敗だった。今ごろ奴は、俺のためにお経を上げているだろう。その間は、奴に近寄ることも、手を出すこともできぬ。だが、もう夜も明けるころだ。奴はもう眠っているだろう。……だれか家に行って、奴の様子を見てきてくれぬか」

すぐに若い女の首が、蝙蝠《こうもり》のように軽々と家のほうに飛んで行った。

しばらくして戻ってくると、女の首は嗄《しゃが》れ声《ごえ》で危急を告げた。

「あるじ様、あの雲水は家にはおりませぬ。どこかに消えてしまいました。おまけにあるじ様のお体を持って行ってしまいました。私にはお体がどこにあるのかわかりません」

その瞬間、あるじの形相《ぎょうそう》が一変するのが、月の光ではっきりと見えた。かっと目を見ひらくと、髪を逆立て、歯ぎしりした。怒りで涙を流しながら、あるじの首は怒鳴った。

「なんだと。体を動かされた以上、もはや俺の命はない。……すべて、あの雲水の仕業だ。こうなったらこの俺の命と引きかえに、奴をつかまえて八つ裂きにして食ってやる。……見ろ、あそこに奴がいるぞ。あの木のうしろに隠れているぞ。すぐつかまえろ」

たちまち五つの首が回龍に向かって突進してきた。

しかし、回龍はすでに太い木の枝を手にしていた。回龍はあらん限りの力で首どもを叩きのめした。

四つの首は森に逃げ帰ったが、あるじの首だけは何度も襲ってきた。とうとう回龍の着物の左の袖に噛みついた。しかし、回龍は髪の毛をつかむと何度も叩きつけた。ついには長いうめき声を上げて死んでしまった。しかし、まだその歯は袖を噛んでいた。回龍が力の限りその口をあけようとしても無理だった。

回龍が首を着物からぶら下げたままあるじの家に戻ると、ほかの四つのろくろ首が集まっていた。血だらけの傷ついた首は体に戻っていたが、回龍を見たとたん、「雲水だ、雲水だ」と叫ぶと、皆、家を飛び出し一目散に森へ逃げていった。

東の空が白み、夜が明けようとしていた。回龍は、ろくろ首は夜の闇の中でしか動き回れぬのを知っていた。

着物に噛みついている血と泡《あわ》と泥にまみれた汚い首を見て、「何たる土産よ」と高笑いした。そして悠々と山を下り、旅を続けた。


信濃《しなの》の国諏訪《すわ》にやってきた回龍は、着物の袖に首をぶら下げて、大通りをいかめしい顔つきで歩いていた。女たちは卒倒し、子どもたちは騒ぎ立てて逃げ出した。

すぐに人だかりができ、捕手たちがやってきて、回龍を牢に放り込んだ。その首は、斬られたとき、自分を殺した人間に噛みついたのだろうと思ったのである。回龍は何を聞かれても、何も言わずに笑っていたから、その晩、牢に留めおかれた。

次の日、回龍は奉行所につれて行かれ、どうして首が袖に噛みついたのか、また、なぜ僧侶の身でありながら堂々と自分の罪の証拠である首を人目にさらしていたのか釈明を求められた。

回龍は役人たちの前で長いこと大声で笑ってから、申し立てた。

「お役人さま、拙僧が首をこの袖にくっつけたのではござらぬ。この首が勝手に噛みついているのでござる。拙僧は人殺しなどしてはおりませぬ。第一、これは人の首ではござらぬ。ろくろ首でござる。よしんばわしがこの化け物を殺した結果になったのだとしても、血も流させてはおらぬし、それはこの身を守るためにやったこと」

そう言うと、回龍は再び高笑いしながら、居並ぶ者たちにろくろ首と出会ってからの武勇談をおかしそうに話した。

だが、奉行所の役人たちは笑わなかった。回龍は僧侶などではなく、ただの人殺しであり、しかも自分たちを小ばかにしているのだと思ったのだ。だから、役人たちは尋問を打ち切り、すぐさま回龍に死罪を申し付けようとした。

しかし、裁きのあいだずっと無言で聞いていたひとりの長老がいた。長老は、皆の意見を聞いた後で、おもむろに立ち上がると、切り出した。

「肝心の首を検分してみなければならぬ。まだ、それが済んでいないではござらぬか。この僧侶の話が本当なら、その首がそれを示してくれるはずじゃ。……首をここに持て」

着物に噛みついたままの首が台の上に置かれた。長老は、回したり、ひっくり返したりして、じっくりと首を見て、うなじについている奇妙な赤い斑点を見つけた。それから一同に、まずその赤い斑点を示し、次に首の縁《へり》を指さしながら、「この首はどんな刃物で切られたものでもない」と言った。事実、首の縁は自然に枝から落ちた葉の痕《あと》のようになめらかだった。

長老はうなずいた。

「この僧侶の話は本当じゃ。まちがいない、これはろくろ首だ。『南方異物志《なんぽういぶつし》』という書物に、ろくろ首は、うなじに赤い斑点があるものだと書いてある。これが、その斑点じゃ。絵筆で描いたものなどでないことは、ご一同にもおわかりいただけるじゃろう。それに、ろくろ首がはるか昔から甲斐の山中に住んでいるというのはよく聞く話じゃ」

長老は回龍に話しかけた。

「それにしても、御坊はかわったお方じゃな。こうして御坊は、とても僧侶とは思えぬ胆力をお示しなされた。それに、むしろ侍の風貌を備えておられる。もしや、御坊は武家ではござらなかったか」

回龍は答えた。

「いかにも左様でござる。出家する以前は、長いこと弓矢を取っておりましたゆえ、拙僧は人も化け物も恐れぬのでござる。拙僧は、元は九州の侍で、磯貝平太左衛門武連と名乗っておりました。ご当家にもその名前を覚えている方がおられるやもしれませぬな」

そう聞いたとたん、賛嘆の声が上がった。多くの者が、武連の武名を知っていたからである。すぐに一同は罪人を吟味するような態度を改め、丁重に回龍を主君の屋敷へ案内した。大名は喜んで回龍を迎え、たいそうな宴会でもてなした。

諏訪をたつ前、回龍は大名からけっこうな贈り物も拝領したが、「土産に欲しい」と冗談めかして、例の首も、もらっていった。

さて、首の話はまだ残っているのである。

諏訪をたった数日後、回龍は山賊に出くわした。山賊は回龍を呼びとめ、着物を脱ぐよう命じた。回龍はすぐに着物を山賊にさしだした。

そのとき、初めて山賊は、回龍の着物に噛みついている首に気づいた。肝《きも》の据わった男だったが、さすがにびっくりし、着物をとり落として後ずさりした。

「いったいおまえさんは、どういう坊さんなんだ。この俺さまより悪人ではないか。俺も人を殺《あや》めたことはあるが、殺した人間の首を袖にぶらさげて歩いたことなぞないぜ。……うーん、つまり、おまえさんと俺は、似たもの同士というわけだ。見上げた坊さんだぜ。……それにしても、その首と着物は、俺の稼業には便利だな。どうだい、俺に譲ってくれんか。俺の着物と金子《きんす》五両でどうだ」

「ぜひにと言うなら、譲ってもかまわぬ。だが、これは人間の首ではないぞ。ろくろ首じゃ。それゆえ、この先お前に何かあったとしても、わしの与《あずか》り知らぬところじゃからな」

「なんて面白い坊さんだ。人を殺めておいて冗談の種にするとはな。だが、俺は本気だぜ。そら、ここに俺の着物と金がある。さあ、その首をくれ。……冗談なんか言って何になる」

「いいとも。だが、わしは冗談を言っているのではないぞ。お前がろくろ首なんぞに金を払うことこそ悪い冗談というものじゃわい」

回龍は、高笑いしながらその場を立ち去った。

ろくろ首と回龍の着物を手に入れた山賊は、しばらくの間それで人々を怖がらせて金品を奪っていた。

しかし、ある日たまたま諏訪にやってきた山賊は、回龍の話が冗談ではなかったのを知った。そうなると山賊は、ろくろ首の祟りが怖くなった。

とうとう山賊は、ろくろ首をその体に戻してやることにした。

甲斐の山奥の小さな萱葺きの家は見つかったが、そこにはだれもいなかったし、ろくろ首の体も見当たらなかった。そこで山賊は、ろくろ首を小屋の裏手に埋め、墓石を立て、施餓鬼供養をしてもらった。

ろくろ首の墓として知られるその墓石は、今日でもそこにあると、少なくとも日本の物語作者は述べている。

安芸之助の夢

坂東　剛

大和《やまと》の国十市《といち》に、宮田安芸之助《みやたあきのすけ》という郷士《ごうし》がいた。

（原作者註・ここで、封建時代の日本には郷士と呼ばれる、英国の自作農階級、ヨーマンに相当する兼農士族が存在したことを述べておかねばならない）

安芸之助の屋敷の庭には一本の古い杉の巨木があり、暑い日には、よく木陰で涼んでいたものだった。

ある夏の昼下がり、安芸之助は二人の郷士仲間とこの杉の木の下で酒を酌《く》み交わし、話に花を咲かせていた。ふいに安芸之助は眠くてたまらなくなり、仲間に断り、その場で横になった。そして、安芸之助はこんな夢を見た。

屋敷の庭で寝転んでいると、大名行列が丘のほうから下りてくるのが遠くに見えたので、起き上がって眺めてみた。それは目にしたこともないほど堂々とした行列であった。一行は安芸之助の屋敷のほうにやってきた。先頭では、大勢の正装した若侍たちが、空色《そらいろ》の絹を垂らした大きな漆塗《うるし》りの御所車《ごしょぐるま》を曳《ひ》いていた。行列が屋敷の前で止まると、きらびやかな衣服を身にまとった、明らかに重臣と思われる使者が安芸之助のところに来て、深々とお辞儀をした。

「安芸之助様、それがしは、常世《とこよ》の国の天子に仕える者にございます。畏れ多くも陛下におかれましては、名代《みょうだい》として安芸之助様にお目どおりし、なにごとも安芸之助様のお指図に従うようにとそれがしに命じられました。また、禁裏《きんり》へお出で願いたいとの仰せにございます。なにとぞこの御車にお乗りくださいませ。お伴つかまつります」

この天子の命を聞いて、安芸之助は礼にかなった返答をしようとしたが、驚きのあまり言葉にならなかった。同時に、自分の心がどこかに離れて行き、言われるまま車に乗り込んでいた。使者が隣に座り合図すると、若侍たちは絹の綱を曳いて巨大な御所車を南に向けた。行列は出発した。

瞬く間に、驚くほどみごとな唐天竺《からてんじく》のものかと思われる楼門《ろうもん》の前に着いた。安芸之助は目を見張った。

使者は御所車から降りると、「安芸之助様のご到着を告げてまいります」と言い残して立ち去った。

そのまましばらく待っていると、楼門から紫の絹を身にまとい、烏帽子《えぼし》を被《かぶ》った二人の重臣が現れた。二人は安芸之助に恭しく挨拶すると、手を貸して御所車から降ろした。

安芸之助と二人の重臣は、楼門をくぐり、広大な庭園を抜け、御所の入り口についた。御所は東西に何里も続いているように見えた。

それから安芸之助はとても大きく雅《みやび》やかな応接の間に通され、上座にすわらされた。二人の重臣は恭《うやうや》しく、少し離れた場所《ところ》にすわった。女官たちが飲み物を運んできた。

安芸之助が飲み物を喫《きっ》し終わると、紫の絹をまとった二人の重臣は安芸之助に拝礼し、口を開いた。二人は宮中のしきたりどおり、交互《かわるがわる》にしゃべった。

「申し上げます……安芸之助様をお招きいたした理由《わけ》でございます……畏れ多くも陛下におかれましては、安芸之助様をお婿《むこ》さまにとの仰せにございます……今日のこの日に内親王殿下と華燭《かしょく》の典《てん》を挙げよとの仰せにございます……いまから謁見《えっけん》の間《ま》にご案内申し上げます……陛下は、すでにお待ちになっておられます……では、その前に、安芸之助様にはお召し替えをしていただきとう存じます」

(原作者註・最後の言葉だけは、古くからのしきたりで二人同時に発するのであるが、このような慣例は日本の芝居によく見られるものである)

言い終わると二人の重臣は立ち上がり、安芸之助をみごとな金蒔絵《きんまきえ》の唐櫃《からびつ》の置かれている部屋へ連れて行った。二人の重臣は唐櫃の中からさまざまな衣帯《いたい》や冠をとりだした。安芸之助はたちまち内親王の花婿にふさわしい姿になった。支度《したく》が整うと、安芸之助は玉座《ぎょくざ》で待つ天子のもとに案内された。

天子は、その地位を表す黒の烏帽子を被り、黄色い絹の服をまとっていた。玉座の手前で左右に居並ぶ重臣たちは、寺院のまばゆい像のように、無言のまま、身じろぎもしなかった。安芸之助は前に進み、三拝の礼をした。

天子は、親しげに言葉を賜った。

「朕《ちん》がそちをここへ招いた理由は、承知のことと思う。朕は、そちを、内親王の婿に選んだ。婚礼は、直ちに執《と》り行われるものとする」

天子の言葉が終わると、明るい典雅な曲が奏でられた。

見目麗《みめうるわ》しい女官たちの長い列が、帳《とばり》の背後《うしろ》から現れた。女官たちは安芸之助を、花嫁が待つ寿殿《ことぶきでん》へと案内した。広い御殿は招かれた客で入りきれないほどであった。

安芸之助が皇女《おうじょ》の真向かいに用意された座布団にすわると、一同は、安芸之助に拝礼した。皇女は内親王にふさわしい優雅さを備えており、麗しく、その衣裳は夏の空のように美しかった。

とても晴れやかで、華やかな婚礼だった。

婚礼の後、安芸之助と皇女はかねて用意されていた王宮内の続き部屋に案内された。そして、大勢の公卿たちから祝いの言葉と数えきれぬほどの祝いの品を受け取った。

数日の後《のち》、安芸之助はふたたび天子に拝謁した。

天子は安芸之助をいっそうやさしく迎え、仰せられた。

「我が国の未申《ひつじさる》の方角（南西）に、莱州《らいしゅう》という島がある。朕はそちを、かの地の太守《たいしゅ》に任ずる。莱州の民は忠孝の心に厚いが、その暮らしぶりはまだ常世より遅れているゆえ、法度《はっと》を改めねばならぬ。そちには莱州の民の暮らしを安んずる任を与える。徳と智を以って治めるよう願っておるぞ。行くがよい。必要なものはすべて整えさせてある」

安芸之助と皇女は、常世の御所から大勢の公卿や役人たちを率いて出発した。船は順風満帆、無事に莱州に着いた。見るからに純朴な土地の者どもが、一行を迎えに浜辺に集まっていた。

安芸之助はさっそく仕事に取りかかった。最初の三年ほどは法度を改めるのに忙しかったが、優れた重臣たちの助けもあり、さしたる難事ではなかった。張りのある仕事だった。

すべてが終わったとき、安芸之助には儀式や典礼に出席する他には、とりたててすることもなかった。莱州はのどかな国だった。土地は肥沃《ゆたか》で、疫病《はやりやまい》もなく、法度を破る者など一人もいなかった。

安芸之助はさらに二十年の間莱州を治めた。何の不幸の影も射さない、都合二十三年の幸福《しあわせ》な歳月であった。

しかし、二十四年目に、不幸な出来事が起きた。

皇女は五人の息子と二人の娘をもうけたが、病に倒れ身罷《みまか》ってしまったのである。皇女の亡骸《なきがら》は、蟠竜江《はんりょうこう》の美しい丘の頂に埋葬された。墓の上には、とても立派な墓碑が立てられた。安芸之助は、もはや生きている甲斐がないと嘆き悲しんだ。

一年の喪《も》が明けたころ、常世の宮中から使者が来た。使者は安芸之助に、天子からの追悼の言葉を伝え、そして告げた。

「畏れ多くも陛下の命を復唱申し上げます。『汝を直ちに国元《くにもと》に返す。七人の子どもは、皇孫《こうそん》殿下《でんか》として大切に面倒を見るゆえ、心配は無用である』とのお言葉にございます」

この命を受け、言われるままに安芸之助は出立の準備をした。すべてが整い、重臣たちや頼りにしていた役人たちとの送別の儀式の後、安芸之助は太守として丁重に港まで送られた。碧空《あおぞら》の下、船は紺青の大海に出帆《ふなで》した。莱州の島影はしだいに、青くなり、灰色になり、永久に姿を消した。

安芸之助は、屋敷の古い杉の木の下で目を覚ました。

しばらくぼおっとしていたが、二人の朋輩《ともだち》がまだ杯を交わしているのが目に入った。

安芸之助はその姿をしばし眺めていたが、やがて口を開いた。

「何とも、不思議なことじゃったのう」

一人が笑った。

「夢を見ていたのでござろう。どんな夢を見たのでござるか」

そこで安芸之助は、常世の国莱州での二十三年を話した。二人は驚いた。安芸之助が寝ていたのは、ほんのわずかの間だったからだ。

もう一人の郷士が首をかしげた。

「貴殿は、実に不思議な夢を見たものでござるなあ。じゃが、拙者たちもまた、妙なものを目にしておったのじゃ。小さな黄色い蝶が寝ている貴殿の顔の上を飛んでおった。それから、この杉の木の根もとの地面に止まったのでござる。

するとと、大きな蟻が穴から出てきおって、蝶をば捕らえ、巣穴に引きずり込んだのじゃ。で、貴殿が目を覚ますいくらか前に、蝶がまた、穴から出てきたのじゃ。貴殿の顔の上を一瞬、飛んだと思ったら、急に消えたのでござる。あの蝶はどこへ行ったかのう」

最初の郷士が自分の考えを述べた。

「おそらく、それは安芸之助殿の魂でござろう。拙者はあの蝶が、安芸之助殿の口の中に飛び込んだような気がしたからのう。しかし、その蝶が安芸之助殿の魂だとするならば、蝶には、自分のことゆえ、夢の話を説明できぬことになってしまうが」

「蟻ならば、説明できるかもしれぬ。蟻は不思議な生き物じゃからな——ひょっとしたら妖気を備えておるのかも知れぬ。それはともかく、この杉の下には大きな蟻塚があるのじゃ」

もう一人が杉の根元を指さした。

「掘ってみようではござらぬか」

この言葉に動かされた安芸之助は、鍬《くわ》を取りに行った。

杉の根元は、蟻が妙な具合に掘り起こしていた。草と土でとても小さな町のようなものができていた。

その中にひとつ、大きな御殿があった。多くの蟻がせわしく動き回っていた。その蟻たちの真ん中に、翅《はね》が黄色く、頭が黒く長い、たいそう大きな蟻がいた。

安芸之助は目を見張った。

「何と、夢に出てきた常世の天子でござる。これは常世の御所じゃ。何ということか。莱州は、御所の未申の方角にあるはず……。その、太い根っこの左じゃ。そらっ、ここにあった。……ああ、何ということか。きっと、皇女が葬られた蟠竜江の丘もあるはずじゃ」

安芸之助は蟻塚を、くまなく探した。

とうとう、ごく小さな丘を見つけた。丘の頂には、水ですべすべになった墓碑に似た形の小石があった。

その下の深い土の中に、雌の蟻の亡骸があった。

死者の秘密

風間達也

昔、丹波《たんば》の国に、稲村屋源助《いなむらやげんすけ》という裕福な商人がいた。

源助にはお園《その》という娘がいた。たいそう賢く器量もよいお園を田舎の教育だけで終わらせるのは不憫《ふびん》だと、源助は思った。そこで、都で学問や礼儀作法を身につけさせようと、信用できる付き添いを数人つけて京都に行かせた。

数年の後《のち》、お園は故郷に帰ってきて、父親の知り合いの長柄屋《ながらや》という商人に嫁いだ。お園は夫と仲良く暮らし、一人の息子も授かったが、嫁いで四年目の年に病にかかり死んでしまった。

葬儀が終わった晩、幼い息子が、集まっている家族のところにおびえた顔で駈け降りてきた。

「母さまが帰ってきたよ。上にいるよ。でも、にこにこしてるけど、ちっとも口をきいてくれないんだ。怖いよ」

あわてて何人かが二階のお園の部屋へ行ってみると、驚いたことに仏壇の灯明《とうみょう》の光に浮かぶお園の姿が見えた。お園は箪笥《たんす》の前に立っているようだったが、箪笥には、まだお園の着物や簪《かんざし》がしまわれていた。

お園の顔と肩ははっきり見えたが、腰から下はだんだん薄れて見えなかった。その姿は、水面《みなも》に映る影のように透き通っていた。皆、真っ青になって下の部屋に降りてきて相談した。

姑《しゅうとめ》が口を開いた。

「女というものはね、自分の持ち物に未練があるものなのよ。お園さんは、着物や簪を大切にしていましたものね。だから、もう一度見たくてやってきたのでしょう。遺《のこ》した品を菩提寺《ぼだいじ》に納めないと、亡くなった人が戻って来ることはよくあるのよ。お園さんの持ち物を全部お寺に納めれば、きっと成仏なさるでしょう」

家族は皆納得し、できるだけ早くそうしようと衆議一決した。さっそく翌朝、箪笥は空《から》にされ、お園の品はすべて菩提寺に納められた。

しかし、お園はその晩も現れ、じっと箪笥を見つめていた。次の晩も現れた。お園は毎夜現れた。家中の者が恐怖にふるえ上がった。

姑は菩提寺に出かけ、住職に一部始終を話して、力になってくれるよう頼んだ。

菩提寺は禅寺《ぜんでら》で、住職は大厳《だいげん》和尚という学識のある老僧であった。

「さだめし、箪笥の中か、そのあたりに、お園殿が心残りにしているものがあるのでござろう」

「和尚様、箪笥には、もう何も残ってはおりませんが」

「さようでござるか。では、今晩、拙僧が見にまいりましょう。呼ぶまで、部屋には決して入らぬよう、皆様に伝えておいてくだされ」


日が暮れてから大厳和尚が長柄屋に行くと、皆が和尚を出迎え、お園の部屋に案内した。部屋は、和尚を迎える支度ができていた。大厳和尚は独りお園の部屋に残ると、座ってお経を唱えていた。しばらくは何も起こらなかった。

しかし、子《ね》の刻《こく》過ぎに、お園が忽然《こつぜん》と箪笥の前に姿を現した。その目はじっと箪笥に注がれていた。

大厳和尚は、このような際に唱えるべき呪文を呟《つぶや》いてから、お園の亡霊に戒名《かいみょう》で呼びかけた。

「今宵、拙僧はそなたのお役に立とうと参り申した。あの箪笥の中に、そなたが気になっている物があるのではござらぬかな。拙僧が探してさし上げましょうぞ」

うっすらとしたお園の亡霊は軽く頷いた。そうしてくれ、と言っているようであった。

大厳和尚は立ち上がり、一番上の抽斗《ひきだし》をあけたが、何もなかった。二番目、三番目、そして四番目もまた、空だった。さらに、抽斗の間や、後ろや、下も念入りに探したが、何も見つからなかった。

しかし、お園はまだ、じっと箪笥を見つめていた。

「いったい、何を探してほしいのじゃろう」

大厳和尚は考えた。ふと、抽斗を包んでいる紙の裏に何かあるのではないかと思った。和尚は、一番目、二番目、そして三番目の抽斗の紙を破ってみたが、何も見つからなかった。しかし、とうとう一番下の抽斗の紙の裏に、一通の手紙を見つけた。

「これじゃな」

大厳和尚が尋ねた。

お園の亡霊は和尚の方を向いたが、その目はまだ手紙を見つめたままだった。

「拙僧が、これを燃やして進ぜましょう」

お園は頷いた。

「では、さっそく明日の朝、寺でこれを燃やしましょうぞ。拙僧以外の者には、決して読ませはいたしませぬ」

和尚は約束した。するとお園は微笑み、姿を消した。

和尚が、皆が心配顔で待つ下の階に降りて行くと、夜が明け始めていた。

「もう心配はいりませぬ。お園殿は、二度と現れませぬぞ」

それきりお園の亡霊は現れることはなかった。

手紙は燃やされた。それは、京都にいた時分にお園が受けとった恋文であった。しかし、この秘密は、大厳和尚の死とともに永久に守られた。

青柳の話

小山友里江

文明年間、能登《のと》の大名、畠山義統《はたけやまよしむね》候の家臣に友忠《ともただ》という若い侍がいた。越前の生まれだったが、幼い頃に小姓《こしょう》として畠山候のお城に上がり、主君のお側《そば》で武士としての素養を身につけたのであった。友忠は文武に優れ、主君の寵愛を受けていた。また、気立てもよく、物腰に親しみがあり、しかも眉目秀麗《びもくしゅうれい》であったから、朋輩たちにも敬愛されていた。

二十歳《はたち》の頃、友忠は、主君の密使として京都の管領《かんれい》、細川政元《ほそかわまさもと》候のもとへ遣わされた。道中、越前を通るよう命じられたので、独りで暮らしている母の屋敷に立ち寄ることを願い出て許された。

友忠は冬のさなかに出立した。立派な馬に乗っていたものの、深い雪をかきわけて人家もまばらな山道をゆっくり進まねばならなかった。

二日目の暮れ方、肌を刺すような吹雪が襲ってきた。友忠は、この分では今夜の宿にたどり着けたとしても、夜も更けてしまうのではないかと惧《おそ》れた。馬もまた疲れ切っていた。

ふと、小高い丘の上に一軒の萱葺き屋根の家を見つけた。家の傍らには柳の木がたくさん生えていた。馬を励ましながら行ってみると、表戸は風が吹き込まぬようかたく閉じられていた。友忠は激しく戸を叩いて案内を乞うた。

すると媼《おうな》が顔を覗かせ、この美しい旅の若者を見ると労《ねぎら》うように言った。

「まあ、こんな吹雪の中を……。さぞや難儀なことでございましたでしょう。……さあ、お武家様、何もお構いできませんが、どうぞお入りください」

友忠は裏手の納屋に馬を繋ぎ、家に入った。

翁《おきな》と若い娘が、竹切れをくべた囲炉裏《いろり》の火にあたっていた。二人は恭《うやうや》しく友忠に暖をとるよう勧めた。それから老夫婦は、酒の燗をしたり料理の支度をしたりしながら、遠慮がちに、どういう旅をしているのかと友忠に尋ねた。そのあいだ娘は襖《ふすま》のかげに身を隠していた。娘は粗末な着物を着、長い髪は乱れていたが、目を見張るほどの美貌の持ち主であるのを友忠はすでに気づいていた。友忠はなぜこれほど器量の良い娘がこんなさびれた所で暮らしているのか不思議に思った。

翁は勧めた。

「お武家様、隣の村までは長い道のりでございます。しかもこんな吹雪です。ご無理なさるのは危のうございます。ごらんの通りのあばら家ではございますが、ぜひとも今夜は泊まっていってくださいませ。お馬の世話もいたしますゆえ」

友忠はありがたくそうすることにした。それに、実のところ、この美しい娘をもう少し眺めていたかった。

程なく田舎風の料理がたくさん友忠の前に運ばれてきた。娘が襖の後ろから酒を持って現れた。娘はこざっぱりした手織りの着物に着替えていた。長い髪は丁寧に櫛を入れてあり、艶《つや》やかだった。かがんで酌をする娘を見ながら、友忠はこれほど美しい娘がこの世にいるのかと目を疑った。しかも、娘の仕種《しぐさ》のひとつひとつに、はっとさせるような気品があった。

しかし、翁はすまなそうに言うのであった。

「この青柳《あおやぎ》は、山家《やまが》育ちゆえ、何も気の利いたおもてなしもできないのです。何卒《なにとぞ》ご容赦くださいませ」

友忠は手を振った。

「何をおっしゃいますか。これほどのおもてなし、恐縮いたしております」

自分のまなざしに娘が頬を染めているのに気づいても、友忠は、温かい酒にも食べ物にも手をつけずに、娘から目を離さなかった。

母親が言った。

「お口に合わないとは存じますが、少しでも召し上がってくださいませ。寒い中を旅してこられたのですから」

両親を喜ばせようと、友忠はつとめて食べたり飲んだりしたが、恥ずかしそうにしている青柳の姿にますます魅せられてゆくばかりであった。

言葉を交わしてみると、青柳はその容貌に劣らず、すばらしく賢いことがわかったし、その立ち居振舞いはたおやかであった。友忠は「青柳はこの山奥でずっと育ってきたのだろうが、二親《ふたおや》は、元は高貴な都人《みやこびと》だったのかもしれぬ」と思った。

友忠は、青柳への想いを歌に詠み、問いかけた。

訪ねつる花かとてこそ日を暮らせ
明けぬにおとる茜《あかね》咲くらん

すると青柳は、ためらう様子もなく返歌を詠んだ。

出《い》ずる日のほのめく色をわが袖に
包まば明日も君やとまらん

友忠は青柳が自分の想いを受け入れてくれたのを知った。すぐさま歌を返した素養にも驚いたが、青柳がはっきりと自分の気持に応えてくれたことがうれしかった。

友忠は、この青柳ほど美しく機転が利く女性に出会うことも、まして一緒になれることも、一生ないだろうと確信した。友忠の心の中で「青柳は、神仏が私に授けてくれたのだ。この好機を逃してはならぬ」とせきたてるものがあった。

すっかり青柳に心を奪われた友忠は、いきなり両親に青柳を嫁にほしいと頼んだ。そして、自分の名前と出自《しゅつじ》、能登の国での地位を明かした。

両親はたいそう驚いたようすで友忠に平伏した。しばらくためらいをみせたのち、父親は答えた。

「友忠様、もったいないお言葉にございます。あなたさまは位の高いお武家様。これからも、ますますご出世なさることでしょう。正直、何と申し上げたら良いかわからぬほどでございます。それにひきかえこの青柳は、何の礼儀もわきまえない不調法な田舎娘でございます。とても友忠様の奥方などにはなれませぬ。このようなことを口にすることさえ身のほど知らずというものでございます。……しかし、友忠様が娘を気に入ってくださるのでしたら、私どもは喜んで、あなたさまの侍女にさし上げましょう。どうか青柳の無作法をお許しになり、至らぬところを我慢してくださいませ。ふつつかな娘ではございますが、何卒よろしくお願いいたします」

翌朝、吹雪は収まっていた。晴れ渡った東の空に日が昇ってきた。たとえ青柳が袖で朝日を隠してくれたとしても、出立を遅らせるわけにはいかなかった。しかし、友忠はどうしても青柳と別れかねた。そこで旅支度がすべて整ったとき、両親に申し出た。

「たいそうお世話になりながら、厚かましいかぎりですが、どうか娘御を私の妻にいただけませんか。このまま別れるのでは、身を切られる思いです。娘御も私について行きたいと言ってくれています。お許しいただけるのなら、ぜひ連れて行きたいのです。もし娘御を私の妻にくださるのなら、あなた方を親と敬い、大切にいたします。どうかお聞き届けください。……それはともあれ、これは、心ばかりですがお世話になったお礼です。どうぞお納めください」

友忠は金子《きんす》の入った財布をさし出した。しかし、父親は何度もお辞儀をし、そっと押し返した。

「友忠様、この金子をいただくわけにはまいりません。こうして暮らしている分には、お金など使い道もありませんから。それに、これからの長旅にご入用になるでしょうし。……さて青柳は、ゆうべ申し上げました通り、もうあなたさまにさし上げた身でございます。わざわざお断りになるまでもありません。青柳も、あなたさまがお側に置いてくださるかぎりお仕えしたいと申しております。この子を侍女にしてくださるだけで、私どもはこの上ない幸せなのです。むしろ、私どものせいで友忠様にご迷惑がかからなければよいがと心配しているのです。こんな田舎暮らしの私どもには、持参金どころか、何の支度もしてやれません。おまけに、老い先短い身でございますから、いつなんどき、この子を独りにしてしまうやもしれません。ですから、今この子を連れて行ってくださるのは、たいそう有難いのです」

両親はどうしても金子を受けとろうとしなかった。二人は金銭にはまったく関心がなさそうであったが、友忠を信頼して娘の運命を委ねようとする気持は本当に強そうだったから、友忠は安心して青柳を連れて行けることになった。青柳を馬に乗せると、友忠は両親に丁重にお礼としばしの別れを告げた。

すると父親が言った。

「友忠様、お礼を言いたいのはむしろ私どもでございます。友忠様が娘を大事にしてくださるのは分かっておりますゆえ、こうして涙も出ないのです」

〈ここで突然、日本語の原文では話の自然な流れが崩れているので、全体に一貫していないのである。友忠の母親のことも、青柳の両親のことも、能登の大名のことも、これ以上何も述べられていない。明らかに作者は、この時点で書くのにうんざりし、不注意に、意外な結末へと筆を急がせたのであろう。私には作者が省略した部分を補うことはできないし、原文の不備を直すこともできない。しかし、話のつじつまを合わせるために、いくらかの詳細をあえて書き記そうと思う。……どうも友忠は、青柳を連れて大急ぎで京都に行き、そのせいで事件に巻き

込まれたようだ。だが、京都のどこで二人が暮らしていたのかはわからない）

ところで、侍というものは主君の許しがないと結婚できなかったのである。友忠は密使としての任務を果たすまでは許しを得ることは難しかった。しかも、今の友忠の境遇では、青柳の美しさが細川侯の目に留まってしまえば、御殿女中として召し上げられてしまう恐れがあった。そこで友忠は、京都では青柳をなるべく人前に出さぬよう努めた。

しかし、ある日、細川侯の家臣のひとりが青柳を見かけ、友忠と青柳の仲を知ってしまった。家臣は細川侯に報告した。美人好みの若い細川侯は青柳を連れてくるよう命じ、青柳は有無を言わさずお城に連れて行かれた。

友忠は言いようのないほど苦しんだが、同時に己の無力を悟っていた。自分は遠国《おんごく》の大名の家来にすぎず、今は主君よりずっと勢力を誇る細川侯に生殺与奪《せいさつよだつ》の権《けん》を握《と》られている身である。しかも青柳を城中に召した細川侯の意図は明らかであった。その上、友忠は、自分が身の不運を招くような愚かな振舞いをしてしまったこと、すなわち、主君の許しを得ていない青柳との関係は武士のしきたりから外れるものであることを知った。今や友忠には、青柳が城中から逃げ出して自分の元に帰ってくるという一縷《いちる》の望みしか残っていなかった。

長いあいだ考えた末、友忠は青柳に手紙《ふみ》を送ることにした。しかし、もちろん細川侯に読まれる惧《おそ》れがあったし、城中の腰元に恋文を送ることは大名を侮辱することになるのであるから、この企ては危険千万であった。

だが、友忠はあえてこの危険を冒す肚《はら》を決め、青柳に漢詩を送ることにした。たった二十八文字の中に、友忠は、思いのたけを込めた。

公子王孫逐後塵　（公子王孫、後塵を逐ふ）
緑珠垂涙滴羅巾　（緑珠、涙を垂れて羅巾を滴る）
候門一入深如海　（候門一たび入りて、深きこと海の如し）
従是蕭郎是路人　（是従り蕭郎、是れ路人）

漢詩を送った次の日の晩、友忠は細川候の御前に呼び出された。すぐに友忠は、手紙の一件が露見したのだと思った。「あの詩が細川候に見られてしまったとしたら死罪をまぬがれない。きっと私に切腹を命じるつもりだろう」と思った。「だが、青柳を取り戻せないのなら、もはや生きていても甲斐がない。切腹を命じられたなら、せめて細川候と刺し違えてやろう」と、友忠は大小を腰に差してお城へと急いだ。

謁見の間に入ると、細川候は重臣たちを従え上座にすわっていた。皆、正装し、彫像のように静かだった。友忠は前に進み深々と挨拶したが、この静けさは、嵐の前のように不気味だった。

ところが、細川候は突然上座から降りると、友忠の手を取り、件《くだん》の漢詩の一節を口にしたのである。

「公子王孫、後塵を逐ふ……」

そのとき友忠は、若い細川候の目にやさしい涙が浮かんでいるのを見た。

それから細川候は友忠に言った。

「そなたたちの気持はあい分かった。余の親戚筋にあたる能登守畠山候に代わって、そなたたちの結婚を許してやろう。今、この場で祝言《しゅうげん》を挙げればよい。もう支度は整えてあるし、そなたたちへの祝いの品も用意してある」

細川候の合図で次の間の仕切りがあけられた。多くの重臣や家来たちが婚儀のために揃っており、青柳が花嫁衣装で待ち受けていた。

かくして青柳は友忠に返されたのである。婚儀は晴れ晴れとして、麗しいものだった。心づくしの品々が細川候と重臣たちから若い二人に与えられた。

婚礼から五年のあいだ、友忠は青柳と幸せに暮らした。

しかし、ある朝、青柳は友忠と奥向きのことを話しているうち、突然、体が痛いと泣き出した。そのうち蒼白になり、動かなくなった。

やがて、青柳は弱々しい声で言った。

「あなた、取り乱したりしてすみません。急に痛くなったものですから。……前世《ぜんせ》の因果で、こうして夫婦になった私たちです。二世《にせ》も三世《さんぜ》も私たちは夫婦になれるでしょう。でも、現世《げんせ》での契《ちぎ》りは、もうお終いです。お別れするときがまいりました。あなた、お願いです。どうか私のために念仏を唱えてくださいな。もうすぐあの世に行くのですから」

友忠はびっくりした。

「何を妙なことを言っているのだ。ちょっと具合がすぐれないだけではないか。横になって少し休めば良くなるだろう」

青柳は首を振った。

「いいえ、もう駄目です。気のせいではありません。私にはわかるのです。もうあなたに隠しておくこともありません。私は人間ではないのです。柳に宿る精霊なのです。今、この瞬間、だれかが私の木を切っているのです。だから私はもうすぐ死んでしまう。もはや泣くことすらかなわない。早く、早く念仏を唱えて。さあ、早く、ああ」

もう一度、悲痛な叫びをあげると、青柳はその美しい顔をそむけ、袖で隠そうとした。しかし、青柳の姿は奇妙に崩れ、溶けて床《ゆか》へ沈んでいった。友忠は青柳を抱き起こそうと飛びついた。しかし、抱きしめるものは何もなかった。ただ青柳が着ていた美しい着物と、髪に刺していた簪《かんざし》があるばかりだった。

友忠は頭を丸め、仏門に下り、雲水《うんすい》になった。日本国中を行脚し、霊地を訪れるたびに青柳の菩提を弔った。あるとき越前にやってきた友忠は、青柳の両親の家を探した。しかし、その家があった人里はなれた丘に着いたとき、そこに家はなく、何の跡形もなかった。ずいぶん昔に切り倒された二本の古びた柳と一本の若い柳の切り株だけがあった。

友忠は、その柳の切り株の傍らに経文を彫り付けた石碑を立て、青柳と両親の霊のために供養をした。

釣鐘と手鏡

染谷美香

八百年前、遠江《とおとうみ》の国、無間山《むげんやま》の僧どもが、寺に大鐘を備えようとした。そこで、檀家《だんか》の女たちに、地金《じがね》にする古い青銅の手鏡を寄進するよう求めた。

（原作者註・今日でも日本のお寺の境内で、こうした目的のために集められた鏡の山を見かけることがある。私がこれまで目にしたうち、もっとも大掛かりなものは、九州博多の常道寺のもので、その鏡の山は、高さ三丈三尺の阿弥陀《あみだ》像を作るために寄進されたのだという）

その当時、無間山の若い百姓の嫁が、母親から譲り受けた手鏡を寄進したものの、後に惜しくなった。その手鏡は、祖母《ばあちゃん》も曾祖母《ひいばあちゃん》も代々大切にしていたという母親の話を思い出した。もちろん、いくばくかの金を寄進して鏡を返してもらう道はあったのだが、それだけの金もなかった。

寺に来るたび、欄干《らんかん》の背後《うしろ》の庭に積まれた何百もの手鏡の中に、自分の手鏡があるのがすぐ目についた。裏に、幼いころから馴染んできた松竹梅の紋様があるからだった。嫁は、手鏡を奪い返し、内緒で自分だけの宝物にしようと密かに機会を覗《うかが》っていたが果たせなかった。

嫁は、命の一部を取られたような気がした。「鏡は女の魂」という古い諺は本当だと思った。しかし、後悔している気持は、だれにも打ち明けなかった。

（原作者註・この諺は、多くの青銅の鏡の裏に魂という漢字で神秘的に彫られている）


しばらくして、全ての手鏡が炉に運ばれ、地金にするために融かされた。職人たちは、中に一つだけ、融けない手鏡があるのに気づいた。何度も融かそうとしたが、どうしても融けなかった。職人たちには、持ち主が後悔しているからだとわかっていた。心から寄進したのではないから、その女の魂が炉の中で堅く冷たく残っているというのである。

その話はすぐに広まった。まもなく、持ち主がだれであるかもわかった。嫁は本心を世間に知られ、きまりが悪くなった。次第に、怒りがこみ上げてきた。冷たい世間の仕打ちの中で、ついに、嫁は書置きを残して身を投げた。

——おらが死んだらば　すぐに　おらのかがみは　とけて　おおがねは　できるじゃろけんど　かねをついて　こわした人は　おらの　たましいの力で　ちょうじゃに　してあげるべ

怒りのあまり自害した人の最期の呪いは必ず叶うと、皆、信じていた。とうとう手鏡が融け、大鐘が出来たと聞いて、村人たちは嫁の書置きを思い出した。

大鐘を撞《つ》き壊《こわ》したら、嫁の呪いの力で長者になれると信じて、鐘が境内に吊るされるや、大勢の村人が鐘を撞きに寺に押しかけた。あらんかぎりの力で撞いたが、大鐘は壊れなかった。僧どもは、やかましさに閉口《うんざり》したが、村人たちはあきらめず、入れかわり立ちかわり寺に来ては、来る日も来る日も四六時中、激しく撞き続けた。

とうとう僧どもは耐えきれなくなり、大鐘を無間山の麓《ふもと》の深い泥沼に転げ落とした。大鐘は、沼の底に深く沈んでしまった。

その大鐘は、今でも、「無間鐘《むげんかね》」として知られている。

（訳者註・この無間鐘の話はこれで完結しているが、原文後半には、無間鐘と関連する「梅ヶ枝の手水鉢」の話が書かれている）

乳母桜《うばざくら》

西崎弥沙

三百年ほど昔の話である。伊予《いよ》の国温泉郷《おんせんごう》、浅見村《あさみ》に、徳兵衛《とくべえ》という男がいた。徳兵衛は村長《むらおさ》で、村一番の長者でもあった。何不自由ない暮らしであったが、子を持つ喜びを知らぬまま四十の歳になった。子が欲しくてたまらぬ徳兵衛夫婦は、浅見村にある西芳寺《さいほうじ》という有名な寺の不動明王に何度も祈願した。その甲斐あってか、徳兵衛の妻は子をもうけた。たいそうかわいらしい子で、お露《つゆ》と名づけた。母親の乳の出がよくなかったので、お袖《そで》という乳母を迎えた。

お露は美しい娘に育ったが、十五の歳に病にかかり、医者も匙を投げた。

実の子のようにお露を可愛がっていたお袖は、西芳寺の不動明王に願《がん》をかけた。二十一日の間欠かさずお袖はお百度《ひゃくど》を踏んだ。

するると、満願の日、お露の病は急に治ってしまったのである。徳兵衛は大いに喜び、村の人々を集めて祝宴を開いた。

しかし、その宴の晩、お袖が急に病に倒れ、次の朝には、医者も助からぬだろうと言うのだった。

深い悲しみに暮れた徳兵衛の家の人たちに、お袖は言った。

「内緒にしていた話をするときが来たようですね。わたしの願いが成就したのです。実は、お露さまの代わりに死なせてほしいと不動様に願をかけたのです。それが叶ったのです。……ですから、どうぞ悲しまないでください。

ただ、ひとつだけ、お願いがございます。

私の願いが叶ったら、不動様へのお礼のしるしに、西芳寺の庭に桜の木を植えるとお誓いしたのです。でも、こうなった今、みなさまにその誓いを果たしてほしいのです。それでは、そろそろあの世に参るといたしましょう」

葬式のあと、八方手を尽くして探したすばらしい桜の若木がお露の両親の手で、西芳寺の庭に植えられた。

桜は立派に育ち、翌年の二月十六日、お袖の祥月命日《しょうつきめいにち》に、美しい花を咲かせた。それから二百五十四年の間、桜は毎年二月十六日に花を咲かせ続けた。

桃色と白のその花は、乳房のように本当の乳で濡れていた。それで、その桜は乳母桜と呼ばれているのである。

計略

三村泰代

ある侍の屋敷の庭で、罪人が手討ちにされることになった。そこで、罪人が庭に引き出された。罪人は後ろ手に縛られて、日本庭園によく見られるような飛び石が一列に横切っている砂地の上にひざまずかされた。水を入れた手桶と、小石が詰まった米俵を家来たちが運んできた。見動きできぬよう、罪人のまわりは米俵で固められた。

侍が様子を見に出てきた。仕度が十分に整っているのを見たが、何も言わなかった。

すると、急に、罪人は侍に向かって喚き始めた。

「お侍様。おらがしでかしたことは、何の罪でもねえ。おらは、悪人でもなけりゃ、罪人でもねえ。おらは馬鹿だ。それだけだ。馬鹿に生まれたのは、前世《ぜんせ》からの因縁だ。だから、おらは、あんなことをしちまっただけさ。

そんなおらを殺すのは、おかしいだ。ひでえことをしやがる。そんな悪さをすれば、おめえらには、祟りがあるぞ。きっと、化けて出てやるからな」

侍は、恨んで死んだ人間の怨念で祟りがあるのを知っていた。だが、たじろぐ様子もなく、罪人におだやかに、やさしく声をかけた。

「そうか。好きなだけ、祟ってみせるがよい。死んだ後でな。だが、お前に、それができるとは信じられぬ。首が刎《は》ねられた後で、お前の恨みを拙者に見せてはくれぬか」

「おう、やってやるとも」

「よろしい」

侍は刀を抜いた。

「今から拙者が、お前の首を刎ねてやろう。お前のすぐ目の前に、飛び石があるな。首が刎ねられたら、その飛び石に噛みついてみろ。お前の恨みの力で、それができたならば、お前の祟りを怖がる者も出てくるであろう。……どうだ、飛び石を噛んでみるか」

「やってやる」

罪人は怒り狂っていた。

「噛んでやる。あの石に噛みついてやる」

刀が一閃《いっせん》し、首が切り落とされる音がした。

縛られた体が、米俵の上に倒れ、首のない体から血が噴き出した。

罪人の首は、砂地の上を飛び石のほうへ転がってゆき、突然跳ねると、石の端に噛みついた。

それから、命がなくなって地面に落ちるまでのわずかの間、石をしっかりと噛んでいた。


だれも口をきく者はなかった。家来たちは恐ろしくなり、侍を見た。何も気にかけている様子はなかった。ただ、傍らの家来に刀を差し出しただけだった。家来は、木の柄杓《ひしゃく》で柄《つか》から切先《きっさき》まで水をかけ、数回、やわらかい紙で刀を丁寧に拭った。


その後何か月も、家来たちや下男下女たちは罪人の恨みに怯《おび》えながら暮らしていた。皆、必ず祟りがあると思い込んでいた。ありもしないものを、見たり聞いたりし始めた。竹林の風の音や、庭の影の動きにさえ怖がるようになった。とうとう家来たちは、罪人のために寺で施餓鬼をしてもらおうと決め、侍に願い出た。

「左様《さよう》なことは、一切無用である」

家来を代表して一人が施餓鬼の話をすると、侍は首を振った。

「拙者も、恨んで死んだ者が祟るのは知っておる。だが、この度は何も恐れるには及ばぬのじゃ」

家来たちは納得できぬ様子で侍の顔を見たが、侍の自信に満ちた返答の理由を訊くのはためらっていた。

「造作もないことじゃ」

家来たちの胸の内を察して、侍は説明した。

「死んだ人間の最後の願いだけが、ぶっそうなのじゃ。だから、拙者があの男に、恨みを示して見せろと言ったのは、あの男の気をそらすためだ。あの男が死ぬ間際にいちばん願ったのは、祟ることではなく、飛び石に噛みつくことだった。あの男は本当に石を噛んだ。だから、あの男の恨みはどこかへ行ってしまったというわけじゃ。もう何も悩むことなどないのじゃ」

実際、何の祟りもなかった。まったく何も起こらなかった。

果心居士の話

大和田瑞子・松崎久子

天正《てんしょう》の世のこと。都の北のはずれに果心居士《かしんこじ》という老人がいた。あごひげは白く、長く伸び、その風体《ふうてい》は神主《かんぬし》のようだったが、人々に地獄絵を見せ、仏の戒《いまし》めを説いて暮らしを立てていた。

晴れた日にはよく祇園寺《ぎおんじ》に現れ、境内の木に大きな掛軸を広げた。そこには、ありとあらゆる地獄の責め苦が生々しく描かれていた。

果心居士はふところから如意《にょい》を取り出すと、集まってきた人々に責め苦を一つ一つ指しながら、因果応報《いんがおうほう》の理《ことわり》を説き、仏の教えを諭《さと》した。

これはたいそうな評判となり、いつも大勢の人が集まった。時には、喜捨《きしゃ》を受けるために広げた莫蓙《ござ》が、おびただしい銭の山で見えなくなるほどであった。

そのころは織田信長公の天下だった。側近のひとりに荒川という者がいた。ある日荒川は、祇園寺に参詣したおり、たまたまこの地獄絵を目にした。後に、信長公にその話をした。荒川の話にいたく興《きょう》を惹かれて、信長公は、ただちに、果心居士にその絵を館《やかた》に持参するよう命じた。

掛軸を一目見るや、信長公は思わず腰を浮かせ、息を呑んだ。凄まじい迫力。呵責《かしゃく》ない獄卒《ごくそつ》どもの責め苦。のた打ち回る亡者《もうじゃ》たち。呻《うめ》き声までも、絵を突き破って聞こえてくるようだった。亡者たちの痩《や》せさらばえた体からは幾条もの血が流れ出ていた。

もしや血で濡れているのではないかと、信長公は絵に指を伸ばした。が、指は少しも汚れず、疑いもなく紙は乾いていた。信長公はかすかに眉根《まゆね》を震《ふる》わせ、これほどの絵を、いったい何者が描いたのかと訊ねた。

果心居士は満面に笑みを浮かべて、頭《こうべ》を上げた。

「おう、よくぞお聞き下された。これなる絵は、かの高名な小栗宗湛《おぐりそうたん》の筆になるものにござりまする。この絵を描くにあたり、宗湛《そうたん》は、清水寺《きよみずでら》の観音様に、霊感を授かるよう願をかけられた。百日の間欠かさず禊《みそぎ》を行い、一切の煩悩《ぼんのう》を断ち切って描き上げたのがこの大作にござる」

荒川は、信長公が掛軸をいたく所望《しょもう》しているのをみて取った。

「その方、この地獄絵を大殿様《おおとのさま》に献上してはどうじゃ」

この居丈高《いたけだか》な荒川の物言いに、果心居士はひるまなかった。

「はて、この絵はわしが持っているものの中でたった一つの値打ち物にござる。この身は、見物衆にこの絵を見せて、わずかばかりの銭にありついているのでござる。この絵を献上つかまつれば、わしは暮らしの手立てをなくしてしまいますのじゃ。

さりながら、大殿様が是非にと望まれるならば、わしに黄金百両をくださらぬか。それだけあれば小商いのひとつもできましょうからのう」

信長公は不機嫌そうに口を結んだままであった。やがて荒川は、信長公の耳に、何事か囁《ささや》いた。信長公は軽くうなずいた。そうして果心居士は、いくらかの駄賃を手に館を後にした。


一方、荒川は、掛軸を奪い取ろうと、ひそかに機を窺いながら果心居士の後をつけていた。その機が到来した。しばらく行くうちに、果心居士が、思いがけず、町はずれの丘へと続く一本道に入ったからである。丘のふもとのさみしい場所に差しかかったとき道は急に曲がっていた。

すぐさま荒川は果心居士の前に踊り出た。

「黄金百両よこせだと。どこまで欲深い奴だ。黄金の代わりに、この三尺の鋼《はがね》を食らうがいい」

言うなり、刀を抜き放ち、果心居士を斬り殺してしまった。

あくる日荒川は、奪った掛軸を恭しく信長公の御前《ごぜん》に差し出した。掛軸は、信長公の前を退《さ》がるときにくるまれたままの状態だった。

しかし、掛軸を広げた信長公と荒川は、腰を抜かさんばかりに驚いた。絵が消え失せていたのだ。そこには、ただの白紙があるばかりだった。どうして絵が消え失せたのか、荒川にはいかなる釈明もできなかった。そこで、意図がどうであれ、主君をたばかった罪は、罪であるとされ、荒川はただちに長きに渡る入牢《じゅろう》を申し渡されたのであった。

ようやく刑を終えた荒川に、果心居士が北野《きたの》神社の境内で件《くだん》の掛軸を見せているという知らせが入った。

荒川は、己《おの》が耳を疑った。だが、同時に、どうにかして、掛軸を取り戻し、信長公に差し出したなら、汚名を雪《そそ》げるかもしれないと淡い期待を抱いた。すぐさま荒川は家来を集め、北野神社に駆けつけた。だが、着いてみると、果心居士はとうに立ち去った後だった。

数日の後、果心居士が、今度は清水寺で掛軸を広げ、説教しているという知らせが飛び込んできた。荒川は、すわとばかり清水寺へと駆けつけた。しかし、ここでも荒川には、群衆が散らばってゆくところが見えただけだった。果心居士は、またもや、消え失せた後であった。

そんなある日、荒川はとうとう果心居士が茶店で酒を飲んでいるところを見つけだした。ぐいと腕を捉《とら》えた荒川を見上げ、果心居士は平然と笑っていた。

「逃げも隠れもせんわい。じゃが、この酒を飲み終わるまで、少し、お待ちくださらぬか」

荒川はこの頼みをきいてやった。果心居士は、再び飲み始めた。まわりの驚きをものともせず、大きな椀《わん》でさらに十二杯も飲んだ。十二杯目を飲み干《ほ》すと椀を伏せたので、荒川は縛《ばく》に就《つ》くよう命じ、信長公のもとへ引き立てていった。

お白州《しらす》で、果心居士は、奉行に吟味を受けきびしく咎《とが》められた。最後に奉行は言い渡した。

「その方が、何やら怪しげな術で民を惑わせた状、明々白々である。それだけでも、その方は重罪に値する。

しかるに、その方が信長公に件の掛軸を献上すると申すならば、こたびは、その方の罪を見逃してやってもよい。

さもなくば、堪え難いほどの重い罰を受ける破目になろうぞ」

このきびしい申しように、果心居士は、いかにも心外だと言わんばかりに哄笑《こうしょう》した。

「なんと、なんと。わしは、民などたぶらかしてはおりませぬ」

それから、荒川のほうを向き、語気鋭くなじった。

「裏切り者は、貴公のほうじゃ。貴公は、あの掛軸を信長公に捧《ささ》げて取り入ろうとしたのじゃ。それゆえ、掛軸を盗まんがため、わしを殺そうとしたのじゃ。この世に悪事というものがござるなら、貴公の所業《しょぎょう》こそ、その悪事というものではござらぬか。

ところが、幸か不幸か、貴公はわしを殺しそこなった。望みどおりわしを殺していたならば、貴公は掛軸が消え失せたわけを何と申し開きするつもりじゃったのか。

とにもかくにも、貴公はそれを盗んだ。今、わしが持っている掛軸は、ただの写しじゃよ。貴公は盗んだあとで気が変わったのじゃ。信長公に献上する代わりに、自分のものにせんと図ったのじゃ。そうして、信長公に白紙の掛軸を差し出したというわけじゃ。

このひそかな己の悪だくみを隠すため、貴公は、このわしが本物を白紙の掛軸とすり替えたと偽《いつわ》ったのじゃ。

いま本物がいずこにあるか、わしは、いっこうに知り申さぬ。貴公こそご承知であろうが」

これを聞くと荒川は、激怒して果心居士に飛びかかった。警護の侍が止めなければ、荒川は果心居士を殴り倒していたにちがいない。

この突然の逆上ぶりに、奉行は荒川が何か身に覚えがあるのではないかと疑念を抱いた。

奉行は果心居士をいったん牢に連れてゆくよう命じた。それから荒川に事の仔細《しさい》を問い質《ただ》し始めた。

荒川は生来《うまれつき》、口下手《くちべた》だった。怒れば怒るほど、ますます口がきけなくなった。取り乱し、どもり、話の辻褄《つじつま》が合わない荒川の様子は、どう見ても怪しかった。そこで、奉行は、荒川が口を割るまで、棒で叩くよう命じた。

しかし、そうまでされても、朴訥《ぼくとつ》な荒川には白状するまねすらできなかった。かくして荒川は、気が遠くなるまで竹の棒で打ちのめされ、死んだように転がっていた。


牢の中で、果心居士は、荒川がどういう仕打ちに遭ったかを聞かされて腹を抱えて笑っていたが、やがて牢番に言った。

「まあ、聞いてくだされ。あの荒川めは、あろうことか、このわしを殺してまで、あの掛軸を奪おうとしたのでござる。それゆえ、わしは、あの男の性悪《しょうわる》な根性を叩き直してやろうと、わざとあのような目に遭わせたのじゃ。じゃが、もうお奉行さまに申し上げてくださらんか。実は、荒川は何も知らなかったのじゃとな。そして、わしが得心《とくしん》の行くよう一部始終を申し述べるとな」

果心居士は、もう一度奉行の前へ連れて行かれた。

「お奉行さま。およそ真に秀《ひい》でておる絵というものには魂が宿るものにござりまする。かような絵は、己《おの》が意志を持ち、己《おのれ》に命を授けた者から引き離されるのを拒むことがあるのでござります。時には、然るべき持ち主からさえも離されるのを嫌うそうにござりまする。まことにすぐれた絵には心があるという証は、たくさんござりまする。その昔、古法眼元信《こほうげんもとのぶ》の襖絵《ふすまえ》の雀が飛び立ったそうな。すると、雀のいたところは、そのまま、すっぽりと抜けてしまったそうじゃ。また、絵の馬が、夜な夜な草を食《は》みに抜け出したという話もよく知られております。

さて、この度の出来事は、察するに、これと似たようなことが起きたのじゃろうと思います。すなわち、信長公がこの絵の然るべき持ち主ではござらなかったゆえ、御前でわしの掛軸が広げられましたとき、絵は己の意志で逃げ出したというわけでござる。

さような次第ゆえ、信長公がわしに、初めに申し上げた黄金百両を下さるのならば、この絵は己が意志でまた現れようというもの。まっさらな、この紙の上にじゃ。何はともあれ、まずはお試しくだされ。損など、微塵《みじん》もござらぬ。よしんば絵が現れぬ暁《あかつき》には、金子《きんす》はお返し申すゆえ」

奉行からこの風変わりな申し立てを聞いて、信長公は、即座に、百両を果心居士に払うよう命じた。そうして、事の成り行きを見に、直々《じきじき》に出向いてきた。

掛軸は、するすると信長公の御前で広げられた。一同の驚きのうちに、絵は忽然《こつぜん》と現れたのであった。細部にいたるまで、すべてが浮き出たのである。

けれども、どことなく色褪《いろあ》せていた。亡者や鬼どもからは覇気《はき》が失せ、実際に生きているようには見えなかった。

この変化に気づいて、信長公は果心居士にその理由を問い質した。

「大殿様がこの前ご覧になられた掛軸は、いかなる値段もつけられぬほどのものでござりました。しかし、今ご覧のこの掛軸は、大殿様が支払われただけの値《あたい》、すなわち黄金百両きっかりの値を現しているのでござりまする。さもなくば、どうしてかようなことが起こりえましょうや」

この返答を聞いて、一同は、これ以上この老人と問答してもろくなことはないと悟った。果心居士はその場で解き放たれた。荒川もまた、きびしい罰を受けたことで失態を償《つぐな》って余りあるとされ、放免された。


さて、荒川には武市《ぶいち》という弟がいた。兄同様、信長公に仕えていた。武市は、兄が、牢に入れられた上、棒叩きにされたことを知り、怒りにふるえた。そして、果心居士をいつか必ず殺してやろうとかたく心に誓っていた。

一方、果心居士は、解き放たれるや、すぐさまその足で茶店へと向かい、大声で酒を頼んだ。ひそかに跡をつけてきた武市は、逃すものかと、息も荒く茶店に飛び込むと、一打で果心居士を殴り倒し、首を掻き切った。そうして果心居士が信長公から受け取った黄金百両を奪い取った。金子が包んであった袱紗《ふくさ》に果心居士の首と黄金を一まとめにして包み込むと、兄に見せようと、急いで家に向かった。

さっそく包みを解いた荒川兄弟は、仰天した。

なんと、そこには、首の代わりに空瓢簞《からびょうたん》が、黄金の代わりに黄金《こがね》色の糞《くそ》がこんもりとあるばかりではないか。

その後、首なしの果心居士がいつのまにか茶店から姿を消したと知って、兄弟はますます狼狽《ろうばい》するばかりであった。

果心居士がいつ、どうやって消え失せたのか、だれもわからなかった。それきり果心居士の消息は杳《よう》として知れなかった。

一月《ひとつき》ほど後の夕暮れ時、信長公の館の門前に、大鼾《おおいびき》をかいて眠りこけている酔っ払いがいた。その音は、遠雷《えんらい》の轟《とどろ》きのようであった。

家臣の一人が、この酔いどれ老人が果心居士であることに気づいた。この無礼なふるまいにより、果心居士は、ただちにひっ捕らえられ、またもや牢に放り込まれた。それでも果心居士は、丸十日の間、昼夜を分かたず、一度も目を覚ますことなく、眠り続けた。その間も鼾のかき通しで、その音は、はるか遠くまで響き渡った。

その頃、信長公は、重臣明智光秀《あけちみつひで》の謀反《むほん》により、非業《ひごう》の最期を遂げた。そうして光秀が天下《てんか》人《びと》となった。けれども光秀の世はわずか十二日の命であった。

さて、光秀は、果心居士の一件を聞かされた。光秀は、その老人を牢から連れてくるよう命じた。かくして、果心居士は新しい領主の御前に召し出されたのであった。光秀は優しく果心居士に語りかけた。あまつさえ、客人のように接し、膳をふるまうよう命じた。

果心居士が食べ終わると、光秀は尋ねた。

「みどもは、そちが無類の酒好きだと聞き及んでおるが、いったい、一度に、どれほどの量を飲まれるのかな」

果心居士は首をかしげた。

「さあ、どれくらいのものじゃろうか。酔いが回ったわいと思うたときに、杯《さかずき》を置くだけなのじゃ」

そこで光秀は、果心居士の前に大盃《たいはい》を置かせ、この老人がほしいだけ、何杯でもついでやるよう下僕に命じた。

すると、果心居士は立て続けに十回も大盃を空にし、さらに所望した。しかし、下僕は、もう酒樽《さかだる》が空になってしまったと告げた。

一同は皆、その飲みっぷりに仰天した。

「ご老人、これしきでは、まだ酔いが回りませぬか」

光秀は驚嘆した。

「まずまず、というところですかな」

果心居士は、にんまりと笑った。

「いくばくかは、心地良うなりました。大殿様の深いお情《なさ》け、この身に染みますれば、お礼に、わしの芸をば、いささかご披露つかまつりましょう。あの屏風《びょうぶ》をしっかとご覧《ろう》じろ」

果心居士は、近江八景《おうみはっけい》が描かれている八双《はっそう》の大屏風を指さした。皆の目は一斉にその屏風に注がれた。

屏風の一双に、琵琶湖のはるかかなたで小舟を漕ぐ舟頭の姿が描かれていた。小舟は一寸にも満たなかった。

果心居士は、小舟に手招きした。すると、小舟はくるりと向きを変え、屏風の前景に向かって進み始めたのである。

近づくにつれ、小舟は、どんどん大きくなり、まもなく船頭の姿までが、はっきりと見分けられるようになった。大きくなりながら、さらに舟は近づき、とうとうすぐ目の前までやって来た。

そのとき突然、湖の水が絵からあふれ出た。座敷はみるみる水浸しになった。居合わせた者たちは、水が膝《ひざ》の上にまであがって来たため、慌《あわ》てて着物の裾《すそ》をからげた。

同時に、小舟は屏風からすべるように抜け出た。本物の釣り舟のように、一丁櫓《いっちょうろ》のきしむ音が聞こえた。

水はなおも、とうとうと増え続け、皆、袴《はかま》を濡らしたまま、呆然と立ちつくしていた。

小舟は果心居士のところまでやって来た。果心居士は、ひょいと舟に乗り込んだ。船頭は、すぐさま小舟の向きを変え、矢のような速さで漕ぎ去り始めた。小舟が遠ざかるにつれ、座敷の水も勢いよく退《ひ》いていった。あたかも潮が退くように屏風の中へ吸い込まれていった。

舟が絵の前景のあたりを過ぎた途端、座敷は元の通りに乾いてしまった。

小舟はますます小さくなりながら、絵の中をすべるように去っていった。ついには沖合《おきあい》の一点になり、やがて、すっかり消え失せた。果心居士もまた、小舟とともにその姿を消した。

その後、日本で果心居士の姿を見たものは一人もいない。

おかめの話

岩田英以子

土佐の国、名越《なごし》の長者権右衛門《ごんえもん》の娘おかめは、夫の八右衛門《はちえもん》にたいそう惚れていた。おかめは二十二、八右衛門は二十五だった。おかめの惚れっぷりは、尋常でなかったから、村人たちは、「きっとおかめは、しょっちゅう焼餅を焼いているのだろう」と噂し合った。しかし、八右衛門は、おかめを心配させるようなそぶりすら見せなかったし、夫婦の間でつれない言葉が交わされることもなかった。

気の毒なことに、おかめは体が弱かった。結婚して二年も経たぬうちに、おかめは、当時土佐で流行った病にかかり、村一番の医者も匙を投げてしまった。食べ物も飲み物も喉を通らなくなった。おかめは一日中うとうとし、けだるくなり、妙な夢にうなされていた。

八右衛門の寝ずの看病の甲斐もなく、おかめは日に日に弱っていった。おかめも、自分がもう長くないのを悟り、八右衛門を枕元に呼んで言った。

「私がこの病にかかって苦しい思いをしているあいだ中、あなたは本当にやさしくしてくれました。他のだれに、そんな真似ができるでしょう。だから、かえってあなたと別れるのがつらいのです。考えてもみてください。私はまだ二十五にもなっていません。この世でいちばんの旦那様がいるのに、あの世に行かなくてはならないとは、なんという因果なのでしょう。この病は、中国の最高のお医者さまでも治せないでしょう。だから気休めはいりません。……本当は、私も、あと二、三か月は命があるものと思っていました。でも、今朝、自分の顔を鏡で見て、今日を限りの命だとわかりました。……そこで、ひとつお願いがあります。……あなたがこの私の願いを聞き入れてくれるのなら、私は安心してあの世に行けるのですが……」

八右衛門は訊ねた。

「さあ、遠慮せずどんなことか言ってごらん。この私に出来ることなら、喜んで……」

おかめは首を振った。

「いいえ。あなたが喜ぶようなことではありません。……あなたは、まだ若いから、無理なお願いなのは分かっています。でも、つらくてつらくて胸が灼《や》けそうなのです。だから、お願いせずにはいられないのです。……私が死んだあと、遅かれ早かれ再婚話が出るでしょう。でも、だれとも再婚しないと約束してくださいませんか」

八右衛門は笑って答えた。

「なんだ、そんなことならたやすいことだ。心に誓って、だれとも再婚しないと約束するよ」

「まあ、嬉しい」

おかめは床《とこ》から半身《はんみ》を起こして声を上げた。

「そう言ってくださるとは、何と嬉しいことでしょう」

おかめは、仰向けに倒れると息を引き取った。


おかめの死後、八右衛門は日に日にやつれていった。村人たちは始め、おかめに先立たれたことが原因だと思い、「よっぽど惚れとったんじゃな」と噂していた。

しかし、何か月か経つうち、八右衛門はますます痩せ衰え、ついには幽霊と見紛うばかりになってしまった。周りの人々は、「八右衛門のようないい若い者が、こんなに急に衰弱するわけがない」と不思議に思った。医者も、「こんな病気は初めて見たから、手の施しようがない。ひょっとして何かに取り憑かれているのかも知れぬ」と言うのだった。

両親は、八右衛門に何か心当たりがないか尋ねてみたが、「何も変わったことなどありません」と言うだけだった。そこで両親は、「嫁でも貰えば、気が晴れるのではないか」ともちかけたが、八右衛門は、おかめとの約束を破るわけにはいかないからと断るのだった。

その後も八右衛門は、やつれる一方だった。家族は、このままでは命が危ないのではと心配した。

ある日、母親が八右衛門は何か隠しているにちがいないと思い、「本当のことを言いなさい」と、目の前でおいおいと泣いて懇願した。ついに八右衛門は根負けし、白状した。

「お母さん、話してもだれにも信じてもらえないでしょう。実は、おかめはまだ成仏《じょうぶつ》していないのです。これまでの法要も甲斐がなかったのです。おかめは、私と一緒でないと成仏できないのでしょう。というのも、おかめは、葬儀の日から、毎夜やってきて私と同衾《ともね》しているのです。か細い声で話すのを除けば、見かけも振る舞いも、生きていた時分とまったく同じなので、時々、おかめは生きているのではと思うくらいなのです。そして、いつもおかめは、このことをだれにも言ってはいけないというのです。おそらく、おかめは一緒にあの世に行って欲しいのでしょう。私も、自分だけ幸せに生きたいとは思いません。しかし、私のこの体は、親から授かったものです。ですから、親に隠し事はできません。はい、一部始終をお話しします。……そうなのです、おかめは、毎夜、私が眠ろうとするころ蒲団《ふとん》に入ってきて、夜明けまでいるのです。そして、お寺の鐘が鳴ると帰って行くのです」

八右衛門の話を聞くと、母親はすぐさま菩提寺の老住職のもとに駆けつけ、法力《ほうりき》で息子を助けてくれるよう訴えた。住職は、長年の経験から、この話を聞いても驚く様子もなく、母親に言った。

「心配には及びませぬ。こういう話はよくあることじゃ。かならず御子息の命は救われましょう。しかし、今、御子息は大変な危険に晒《さら》されておられる。死相が出ておりましたからな。おかめさんがもう一度やってきたら、御子息は二度と御天道様《おてんとさま》を拝めますまい。すぐさま手を打たねばなりませぬ。両家の人たちに、御子息には内緒で、すぐに寺に来るよう伝えてくだされ。おかめさんの墓をあけねばなりませんからな」

すぐさま親戚が寺に集まった。住職は、皆に墓をあける許しを得ると、墓地に案内した。住職の指図で、おかめの墓石が退《ど》けられ、墓がひらかれ、棺が取り出された。

棺の蓋が取り除かれた瞬間、一同は仰天した。おかめが、患う前と同じような顔でにっこりと座っていたのである。だれもおかめが死んだ人間とは思えなかった。

しかし、住職が寺男たちにおかめの亡骸《なきがら》を棺から出すよう命じたとき、皆の驚きは恐怖に変わった。なんと、長いあいだ座ったまま埋葬されていたのに、おかめの亡骸は血が通っているように暖かく、こわばってもいなかったからである。

そのままおかめの亡骸は、安置堂に運ばれた。住職が、額、胸、手足に、魔除けの呪文を梵《ぼん》字《じ》で書いた。それから住職は、施餓鬼供養をして、亡骸を土の中に戻したのだった。

おかめは二度と八右衛門のところにやってこなかった。八右衛門はしだいに元気を取り戻していった。しかし、その後八右衛門がおかめとの約束を守ったかどうかは、日本の物語作者は述べていない。

お貞の話

金振寿香

昔、越前（訳者註）の国、新潟の町に、永尾《ながお》長生《ちょうせい》という男がいた。永尾は医者の息子で、父の跡を継ぐために修行中の身であった。

永尾には、お貞《てい》という幼い頃からの許婚《いいなずけ》がおり、お貞は永尾の父親の友人の娘だった。両家では、永尾が勉学を終えたらすぐに祝言を挙げさせるつもりでいた。

しかし、お貞は体が弱く、十五のとき不治の病にかかってしまった。とうとうある日、もう余命いくばくもないと悟ったお貞は、最期にひと目会おうと、永尾を呼びにやった。

枕元にやって来た永尾に、お貞は言った。

「永尾様、私たちは子どもの頃からの許婚でしたね。今年の終わりに、あなたと祝言を挙げるのを楽しみにしておりました。でも、もうそれは叶わぬ夢になってしまいました。これも、み仏《ほとけ》の思し召しなのでしょう。

たとえもう数年生きたとしても、この弱い体ではご迷惑になるばかり……。私は良き妻にはなれませんから、あなたのために生きていたいと願うことすら、身勝手というものです。覚悟はできております。どうぞ、私のことは悲しまないでくださいませ。なぜならあなたとはまた、お会いできるのですから」

永尾はお貞を励ました。

「もちろん、また会えるとも。浄土には別れの苦しみはないのだから」

お貞はやさしく言った。

「いえ、いえ。来世《らいせ》のことを言っているのではありません。今死んでも、私たちはこの世でまた会える運命《さだめ》なのです」

永尾は不思議そうにお貞を見つめた。すると、お貞は微笑み、夢を見ているような声で話し続けた。

「そうです、永尾様。私はこの世で、またお会いできると申し上げているのです。……でも、それもあなたが望めばの話です。またお会いするためには、私はもう一度娘に生まれ、大人に成長しなければなりません。そのためには、あなたは十五、六年は待たねばならないでしょう。

それが長い年月だとはわかっております。でも、あなたはまだ十九歳……」

今わの際《きわ》のお貞を慰めようと、永尾はやさしく声をかけた。

「いつまでもお前を待っているよ。私たちは七生《しちしょう》を誓った仲なのだから」

永尾の顔を見つめながら、お貞は尋ねた。

「でも、お疑いですか」

「そうではない。だが、お貞、名前も体もちがうお前を、どうやって探せばよいのか。どうしたら、お前だとわかるのか」

お貞は首を振った。

「それは私にもわかりません。いつ、どこで、お会いできるかは、み仏だけがご存知なのです。でも、あなたがお嫌でなければ、私は、きっと、きっと、帰ってまいります。どうか、私の言葉を忘れないでくださいませ……」

話し終えると、お貞は静かに目を閉じた。そしてお貞はこの世を去った。

永尾は心からお貞を愛していたので、悲しみは深かった。お貞の俗名《ぞくみょう》を書いた位牌を作らせて仏壇に置き、毎日お供えをした。永尾はお貞が亡くなる前に残した不思議な言葉の意味をあれこれ考えた。そして、お貞がいつか自分のもとに戻ってきたら結婚するという誓いを紙に認《したた》め、封印し、位牌の傍らに置いた。

しかし、一人息子の永尾は、嫁を取らねばならなかった。永尾は家族の望むまま、父親の選んだ女性を娶《めと》った。

それでも、位牌にお供えをし、お貞のことを思い続けていた。だが、次第にお貞の記憶は、夢のように薄れていき、いつしか何年も過ぎていった。こうした歳月の間に、永尾は多くの不幸に見舞われた。父と母が亡くなり、妻も、一人息子までもが死んでしまった。永尾は天涯孤独になった。

不幸から逃れ、悲しみを忘れようと、永尾は長い旅に出た。

ある日、旅の途中、伊香保《いかほ》に寄った（そこは今日でも温泉と美しい景色で有名な山村である）。そこで泊まった旅籠《はたご》で、ひとりの若い娘が給仕についた。その娘の顔をひと目見た途端、永尾は驚愕した。信じられぬほどお貞に似ていたのである。永尾は自分の頬をつねった。娘が、行灯や食事を運んだり、床《とこ》の支度をしたりする様《さま》が、若い頃将来を誓ったお貞との、なつかしい記憶を呼び起こした。

永尾は娘に話しかけた。

すると娘は、穏やかに、しかしはっきりとした声で返事をした。その声の甘さが、永尾に遠い日の悲しみを思い出させた。

そして、驚いたまま永尾は尋ねた。

「姐《ねえ》さん、あなたは、昔の知り合いにずいぶん似ているなあ。初めて部屋に入ってきたとき、びっくりしたよ。すまぬが名前と、どこの出か、教えてはくれぬか」

すると、娘はすぐに、お貞の声で答えた。

「私は、お貞と申します。あなたは、私の許婚の、越後の永尾長生様ですね。十七年前、私は新潟の町で亡くなりました。そのとき、あなたは、私がこの世に戻ってきたら結婚するという誓いを紙に書いてくださいましたね。そして、その紙を封印し、仏壇の私の位牌の隣に置いてくださいました。おかげで、私はこうして戻ってまいりました……」

こう言うと、娘は気を失った。

その後、永尾はその娘と結婚し、幸せに暮らした。

不思議なことに、娘は、伊香保で永尾と交わした言葉も、前世のことも、一度も思い出すことはなかったのである。

あの出会いのとき、激しく甦った前世の記憶は、再び薄れてゆき、二度と戻ることはなかった。

（訳者註）小泉八雲が、「越後」を誤記したのであろう。

むじな

山田章夫

東京の赤坂通りに、紀伊国坂《きいのくにざか》と呼ばれる坂がある。私にはその名前の由来はわからない。
坂の片側は、昔からある深くて広い濠《ほり》で、土手は高く盛り上がりどこかの庭に続いている。
反対側には、皇居の高い塀が長く続いている。まだ街灯や人力車がなかったころ、この辺《あた》りは
日が暮れると、とても暗く寂しかった。夜、帰りが遅くなった人は、この坂を上るよりも何
町《ちょう》も回り道をするほうを選んだ。
むじなが、その坂を徘徊《うろうろ》していたからだ。
最後にむじなを見たのは、三十年ほど前に亡くなった京橋界隈《かいわい》の老商人だった。これは、そ
の商人から聞いたとおりの話である。

ある夜、日もすっかり暮れて、商人が紀伊国坂を急いで家路をたどっていると、ひとりの娘が濠の側《そば》でしゃがんでいるのが目に入った。

娘は、たったひとりで激しく泣いていた。

身を投げるのではないかと心配して、商人は足を止めた。話を聞いてやり、何とか力になってやろうと思ったのである。ほっそりした上品な娘に見えた。髪は、良家の娘らしく結っており、よい身なりをしていた。

商人は娘に駆け寄ると、声をかけた。

「お女中。どうされたのですか。……どうか泣かないでください。悩みを打ち明けてくれれば、きっと力になりますから」

（原作者註・「お女中」という言葉は、見知らぬ若い女性に呼びかけるときの礼儀正しい表現である）

しかし、娘は背を向けたまま、長い袖で顔を隠して泣き続けていた。

商人はつとめて優しく言った。

「お女中。わけを話してくださいな。ここは、こんな夜更けに若い娘さんの来るところではありません。何か言ってくださいな。お願いですから。どうしてほしいかだけでも言ってくださいな」

商人は、娘の肩にやさしく手を置いた。

「お女中。……お女中。……お女中。……まあ、ほんのちょっとでいいから聞いてくださいな。……お女中。……お女中」

するとと、娘は振り返り、顔から袖を離すと、片手で顔を撫でた。

その顔には、目も、口も、鼻もなかった。商人は叫び声を上げると、一目散に逃げ出した。

商人は紀伊国坂を死にものぐるいで走った。目の前は真っ暗で、何もなかった。後ろを振り返らずに、どんどん走った。やっと、ずっと向こうに提灯のような明かりが見えた。遠かったので蛍の光のようにも見えたが、とにかく商人は明かりに向かって走った。すると、それは道端に屋台を置いている蕎麦《そば》屋の提灯だった。しかし、あんな思いをした後では、この明かりも、だれでも良いから人間に会えたのも、嬉しかった。

商人は蕎麦屋の足元に身を投げ出すと、声を上げた。

「ああ。……ああ。……ああ」

「これ、これ」

蕎麦屋は乱暴に言った。

「いったい何だね。だれかに襲われたのかね」

「いや、襲われたんじゃない……」

商人は喘《あえ》ぎながら言った。

「あれだよ。……ああ、ああ」

「脅《おど》かされただけか」

　こともなげに蕎麦屋は尋ねた。

「追剥《おいはぎ》かね」

「追剥じゃない、追剥なんかじゃない」

　おびえた商人は訴えた。

「見たんだ。……女を見たんだ。……濠のそばで。……そしたらあの女は、見せたんだ。……ああ、とても言えない」

「へーえ、旦那さんが見たのは、これかね」

　そう言うと蕎麦屋は、自分の顔をつるりと撫でた。

　次の瞬間、蕎麦屋の顔は、つるつるした卵のようになった――そして、明かりが消えた。

力ばか

小山芳樹

力《りき》という名前の子どもがいた。しかし、町内の人たちは、「力ばか」と呼んでいた。生まれつき頭の働きが鈍かったからだ。だからこそ、皆、力ばかにやさしかった。幼い力ばかが、ある家の蚊帳《かや》に火の点いた燐寸《マッチ》を投げ込んで火事を出し、その炎を見ながら楽しそうに手を打っていたときでさえ、大目に見たほどであった。

十六歳になった力ばかは、背の高いたくましい少年に育っていた。だが、力ばかの頭は、二歳の無心な子どものままであった。相変わらず力ばかは幼い子どもたちと遊んでいた。もっと大きい、四歳から七歳くらいの町内の子どもたちは、もう力ばかと遊ばなかった。力ばかが、自分たちの歌や、遊びの決まりを覚えられないからだった。

力ばかは箒《ほうき》を馬にして遊ぶのが大好きだった。ある日、箒を足の間にはさんで、私の家の前を、何時間もげらげらと笑い声を上げながら走り回っていた。あまりにうるさくなったので、私は余所《よそ》で遊ぶよう言わねばならなかった。すると力ばかはぺこりとお辞儀をし、悲しそうに箒を引きずりながら去って行った。

力ばかはいつもおとなしく、あの放火の件を除けば、だれにも迷惑をかけるようなことはなかった。町内で力ばかは、いわばニワトリや犬のような存在だった。

そのうち、いつのまにか力ばかは姿を見せなくなったが、私は気にもとめなかった。

何か月もたって、ふと力ばかのことを思い出したので、町内の家々に薪《たきぎ》を運んでくる年老いた樵夫《きこり》に尋ねてみた。以前、力ばかがよくこの樵夫の薪を運ぶ手伝いをしていたのを思い出したからだ。

「近頃、力ばかを見かけませんが」

「力ばかですか」

樵夫は、いきさつを教えてくれた。

「力ばかなら、死にましたよ。一年近く前のことでした。そう、突然、死んだんですよ。気の毒に。医者の話では、なんでも脳に病気があったというんです」

——これは、その樵夫に聞いた、あの可哀そうな力ばかにまつわる不思議な話である。

力ばかを葬るとき、母親は、わが子の名を左の掌《てのひら》に書いてやった。「りき」を漢字で、「ばか」をひらがなで書いた。そうして、今度はもっと恵まれた人生を授かるようにと、幾度も神仏に祈った。

三か月ばかり過ぎたころ、麹町《こうじまち》の何某《なにがし》様の立派なお屋敷で一人の男の子が生まれた。その左の掌には、「力ばか」という文字がくっきり浮かんでいた。

そこで何某家では、その子が生まれたのは、だれかが願をかけ、それが叶ったからにちがいないと思った。何某家は八方手を尽くして、力ばかとは何者か調べた。

とうとう、ある八百屋が、牛込界隈《うしごめかいわい》に力ばかという仇名《あだな》の少し頭の鈍い少年がいたが、前の年の秋に死んでしまったという話を持ってきた。何某家は力ばかの母親を探しに、二人の下男を牛込に向かわせた。

ようやく、下男たちは力ばかの母親を探しだした。そうして、いったい力ばかに何があったのか尋ねた。すると母親は大いに喜んだ。何某家は裕福な名家だからである。しかし、下男たちは、何某家では生まれた子の掌の「ばか」という文字にひどく怒っているのだと伝えた。

「ところで、息子さんはどこに葬られているのかね」

下男たちは母親に尋ねた。

「善導寺だがね」

「そうかね。すまないが、息子さんのお墓の砂を少しわけてもらえないかね」

そこで母親は下男たちと善導寺に出向き、力ばかの墓に案内した。下男たちは母親に礼として十円を渡すと、墓の砂を風呂敷に包んで帰って行った。

「でも、なぜ何某家の下男たちは砂を欲しがったのですか」

私は不思議に思った。

「こういうことです」

年老いた樵夫は、わけを話してくれた。

「何某家にしてみれば、その子を、掌に力ばかと書かれたまま成長させたくないわけですよ。つまり、その子の前世のからだが埋まっている墓の砂で擦《こす》る以外に、その文字を消す方法はないからなのです……」

悪因縁

山田健介

五代目尾上菊五郎《おのえきくごろう》一座の牡丹燈籠《ぼたんどうろう》は、いつ見ても飽きない東京の演芸のひとつである。十七世紀を舞台にしたこの不気味な歌舞伎は、三遊亭円朝《さんゆうていえんちょう》の作がもとになっているが、中国の小説の翻案とはいえ日本語の話し言葉で書かれ、完全に日本を舞台にした話に仕上っている。実際にこの歌舞伎を見物したおかげで、私は怪談の新しい楽しみ方を菊五郎に教えてもらった。

「この歌舞伎の幽霊話のところを英語で紹介されたらいかがです」

折よく、私を東洋哲学の迷路に案内してくれている友人が言った。

「西洋人にほとんど知られていない神秘的な情念を伝えられるじゃありませんか。それに、翻訳のお手伝いもいたしますよ」

私は喜んでこの申し出を受け入れ、二人でこの円朝の小説の怪談部分を要約してみた。ところどころで原文の会話を凝縮する必要があった。また、会話の中には心理学的に興味深い特質がいくつか見つかった。

これは牡丹燈籠のうち、幽霊が絡んでくる場面の話である。

一

昔、江戸の牛込《うしごめ》に飯島平左衛門《いいじまへいざえもん》という旗本がいた。一人娘のお露《つゆ》はその名前のとおり美しかった。飯島はお露が十六歳のときに再婚した。しかし、お露が継母《ままはは》と折り合いが悪いのに気づいた飯島は、柳島《やなぎじま》に小さい寮をお露のために建て、お米《よね》というしっかりした女中を付けた。

お露は新しい寮で楽しく暮らしていたが、ある日飯島家に出入りする医者の山本志丈《やまもとしじょう》が、根津《ねづ》に住む萩原新三郎《はぎわらしんざぶろう》という若い侍を連れて訪ねてきた。新三郎は目を見張るほど美しい若者で、しかもたいそう優しかった。お露と新三郎は一目で惹かれあった。志丈が「そろそろおいとまいたしましょう」と言った時には、二人はすでに、年老いた医者に気づかれぬよう、こっそり生涯を誓い合っていた。

別れ際にお露は囁《ささや》いた。

「新三郎様、私のことをお忘れにならないでくださいましね。また会いに来てくださらなければば、私は生きてはいられません」

もちろん新三郎は、このお露の言葉を忘れなかった。そして、何とかしてもう一度お露に会えないものかと思い続けていた。しかし、武士のしきたりとして独りでお露を訪ねることは許されなかったから、もう一度お露の寮に連れて行くと約束してくれた山本志丈と一緒に訪れる機会を待つしかなかったのである。

二人にとって不幸なことに、この老人は約束を果たさなかった。志丈はお露の一目惚れを見抜いたのである。そして、何か深刻な事態が起きた場合、自分がお露の父親に責められることになるだろうと恐れたのである。飯島平左衛門は、酒乱の浪人の首を刎ねたことで有名な侍だったのである。新三郎を飯島家の寮に連れていったことについて考えれば考えるほど志丈は怖くなった。だから、わざと新三郎に会うのを避けたのであった。

そのまま何か月も過ぎた。お露は、新三郎が会いに来ない本当の理由など想像もせず、自分の気持が虚仮《こけ》にされたのだと思い込んだ。怒りと哀しみのあまり、お露はやせ衰えてゆき、とうとう亡くなってしまった。するとすぐに、忠実な女中のお米も主人の後を追ったのである。二人は新幡随院《しんばんずいいん》の墓地に並んで埋葬された。この寺は、毎年菊人形展が催される団子坂に今でもある。

二

新三郎は、お露の身に何が起きていたのかまったく知らなかったが、失意と不安から長いこと寝込んでしまった。ようやく回復し始めたものの、まだやつれていた。そんな時、思いがけず山本志丈がやってきた。老人は長い間の無沙汰のもっともらしい言い訳を山ほど並べたてた。

新三郎は詰《なじ》った。

「山本殿、私はこの春先から思っておりました。今でもまだ食べ物が喉を通らぬほどです。……あなたがずっと来てくれなかったのは、何とも酷《ひど》い仕打ちではありませんか。私はあなたがまた飯島家の寮へ連れて行ってくれるものとばかり思っておりました。あの時の礼に、ささやかな品をお露殿にさし上げようと思っておりましたのに。もちろん、私が独りで訪ねるわけにはまいりませんから」

志丈は深刻な顔で答えた。

「新三郎殿、まことに気の毒じゃが、あの娘御は亡くなり申した」

「亡くなったですと」

真っ青になって、新三郎はその言葉を繰り返した。

「今、お露殿が亡くなられたと申されましたか」

志丈は気を落ち着かせようと、しばらく黙っていた。それから、ひらき直ったような明るい口調で話し始めた。

「わしのいちばんの過《あやま》ちは、お主をあの娘御に会わせたことじゃ。お主に一目惚れしたようじゃったからな。さだめしお主は、その気持に火を注ぐようなことを言ったのであろう。二人だけであの小部屋におられたときにな。……それはともかく、わしにはお露殿の気持がわかったから、心配になってしまったのじゃ。このことが飯島様の耳に入り、わしのせいだと責め立てられるのではないかとな。新三郎殿、正直に申し上げるが、わしはお主に会わないほうが良いと思ったのじゃ。そこで、わざと長い間避けていたのじゃよ。

ところが、つい二、三日前、たまたま用事があり飯島家の屋敷を訪れたのじゃよ。そうしたら、お露殿も、女中のお米さんも亡くなられたと聞かされてびっくりしたが、いろんなことを思い起こして、やっぱりお露殿はお主に焦がれ死にしたのだなと思ったのじゃ。……（笑い声で）ああ、お主も罪な男じゃのう。まったく罪な男じゃわい。（笑い声で）娘さんたちを恋死にさせるほどの美男に生まれつくのは罪ではござらんかな。……（真面目な顔で）ま、何だな。亡くなられたものはしかたない。これ以上あれこれ悲しんでも詮無いことじゃ。……こうなったからには、せめて念仏でも唱えて上げなされ。では、左様なら」

志丈は、あたふたと帰っていった。これ以上かかわるのを避けたかったからである。

三

長い間新三郎は思いも寄らぬお露の死に、悲しみながらも呆然としていた。しかし、落ち着いて事情が呑みこめるようになると、お露の俗名を刻んだ位牌を仏壇に置き供え物をしてお参りした。それから毎日、新三郎はお供えをし念仏を唱えた。お露の思い出が脳裏から去ることはなかった。

そうするうちにお盆が近づいてきた。この死者を祀《まつ》る行事は七月十三日に始まるのである。新三郎は帰ってくる霊魂を迎えるための用意をした。提灯を吊るし、精霊棚《しょうりょうだな》を備え、霊魂のための食べ物を整えた。

お盆の初日、日が暮れると新三郎はお露の位牌の前に燈明《とうみょう》を置き、提灯に灯をともした。満月で、風もなくとても暑い夜だった。新三郎は涼を求めて縁側に出た。浴衣《ゆかた》姿で、団扇《うちわ》で扇《あお》いだり蚊遣りしたりしながら、亡くなったお露を思い、悲しみに沈んでいた。あたりは静かだった。小川のせせらぎの音と、集《すだ》く虫の音だけが聞こえた。

しかし、突然この静けさが駒下駄の音で破られた。

カラン、コロン。カラン、コロン。

その音は、こちらに近づいてくるようだった。やがて庭の生垣の向こうにやってきた。新三郎は奇妙に思い、爪先立ちして生垣のほうを眺めてみた。すると二つの人影が見えた。一人は美しい牡丹の絵柄の燈籠を提げていたが、女中のようであった。もう一人は、十七歳くらいのほっそりした娘で、秋の花の模様の振袖を着ていた。新三郎が二人を目にしたとたん、二人も新三郎のほうに顔を向けた。なんと、お露と女中のお米であった。

お米が声を上げた。

「まあ、何て不思議なことでしょう。萩原様では……」

同時に、新三郎もお米に言った。

「何だ、お米さんじゃないか。……あなたのことを良く覚えていますよ」

お米はひどく驚いた様子で言った。

「まさか、このようなことがあろうとは……。実は、若さま、私どもは若さまが亡くなられたと聞いておりましたから」

新三郎は首をひねった。

「なんとも奇妙な話ですね。だって、私の方は、お二人が亡くなられたと聞かされていましたから」

お米は腹立たしそうに言った。

「まあ、何というひどい話でしょう。どうしてそんな縁起でもない話が重なるのでしょう。……いったい、どなたからお聞きになられたのでございますか」

新三郎は言った。

「まあ、とにかくお上がりください。庭の折戸《おりど》があいています」

二人が屋敷に上ると、新三郎はいきさつを話し始めた。

「長いことお訪ねしなかったご無礼をお許しください。しかし、ひと月ほど前、あの医者の山本志丈殿から、あなたがたが亡くなられたと聞いたものですから」

お米が声を上げた。

「それでは、志丈さまだったのですね。何というひどいことを言うのでしょう。そうなのです、若さまがお亡くなりになったと私どもに言ったのも、あの志丈さまなのですよ。きっと志丈さまは若さまを騙そうとしたのですわ。簡単だったでしょうね、若さまはとても真面目な方ですから。

あるいは、ひょっとしたら、お露さまが若さまのことを口にされてしまい、それが飯島のお殿さまの耳に入ったのかもしれません。だとすると、後妻のお国さまが、お二人の仲を引き裂くために、志丈さまに私たちが死んだと言わせたのでしょう。

萩原さまが亡くなられたと聞いて、お露さまは、すぐ髪を切って尼になろうとされました。でも、それだけは思いとどまらせることができました。

その後、飯島のお殿さまは、お露さまをある若いお方に娶《めあ》わせようとされましたが、お露さまはお断りになりました。するとお国さまが腹を立てられ、家の中がたいそう揉めまして、私どもは寮を出ることになりました。そういうわけで、谷中《やなか》の三崎《さんさき》にごく小さな家を見つけ、今はそこで細々と暮らしております。

お露さまは、いつも若さまのために念仏を唱えていらっしゃいました。今日はお盆の入りですので、二人でお墓参りをしてきました。その帰りでしたので、こんなに遅くなってしまったのですが、お蔭でこうしてお目にかかることができたのです」

新三郎は唸った。

「何という不思議なめぐり合わせでしょう。いったいこんなことがあり得るのでしょうか。……それとも夢でも見ているのでしょうか。私もこのお露殿の位牌の前で念仏を唱えていたのです。ご覧の通りです」

新三郎は二人に仏壇のお露の位牌を見せた。

「まあ、嬉しゅうございます。お忘れではなかったのですね」

笑顔でお米は、袖で半ば顔を隠しているお露のほうを見ながら言葉を継いだ。

「お露さまときたら、若さまのためなら七生《しちしょう》のあいだお父上に勘当されても、いやお手討ちにされてもかまわないとさえおっしゃったのです。……若さま、お願いでございます。今宵、お露さまを泊めていただきとうございます」

嬉しさのあまり新三郎は身をふるわせた。

「ぜひとも泊まっていってください。でも、気づかれないようにしてください。といいますのも、近所にやっかいな男が住んでいますので。……白翁堂勇斎《はくおうどうゆうさい》という人相見なのですが、人のことに首をつっこみたがる男ですから」

お露とお米は新三郎の屋敷に泊まり、夜明け前に帰っていった。それから七日のあいだ、二人は毎夜新三郎のもとにやってきた――天気が良くても悪くても、いつも同じ時刻に。

新三郎は、ますますお露に惹かれていった。そして二人は、鉄よりも固い恋のきずなで互いを強く結びつけたのである。

四

さて、伴蔵《ともぞう》という男が妻のおみねと新三郎の屋敷に奉公していた。夫婦は屋敷のすぐ隣の小さな家に住んでいた。新三郎のお蔭でそこそこの暮らしができていたから、二人とも新三郎によく尽くしていた。

ある夜遅く、伴蔵は主人の屋敷で女の声を耳にした。伴蔵は親切な新三郎が、身持ちの悪い女に騙されているのではないかと心配した。そうだとしたらまず困るのは自分たちだと思い、様子を窺うことにした。

次の夜、伴蔵は忍び足で新三郎の屋敷に行き、雨戸の隙間から中を覗いた。寝間《ねま》の行灯《あんどん》の明かりで、主人が蚊帳《かや》の中で見知らぬ女と話しているのが見えた。細い背中がこちらに向けられていたから、顔は見えなかった。着物や髪の形から若い女だということしかわからなかった。雨戸の隙間に耳を当てると、伴蔵は二人の声をはっきり聞き取れた。

女が話していた。

「父に勘当されたら、ここで私も一緒に暮らしてよろしいでしょうか」

新三郎が応じた。

「もちろんだとも。……ねえ、そうなったら、むしろ好都合じゃないか。でも、お露が勘当されるような気遣いはないよ。一人娘だし、お父上はたいそうお露をかわいがっておいでだから。私が怖いのは、いつか二人が引き離されはしないかということだよ」

お露がやさしく答えた。

「私はけっしてほかの人の嫁になどなりません。万一このことが漏れて、父に成敗されたとしても、私の新三郎様へのこの想いはやみませぬ。新三郎様だって、私がいなければ生きてはいられないお気持でしょう」

そう言うと、お露は新三郎に近寄り、抱きついて首に唇をあてた。新三郎もしっかりとお露を抱きしめた。

伴蔵は不思議に思った。女の言葉づかいが位の高い武家の娘のようだったからである。そこで伴蔵は、何としても女の顔を一目見てやろうと思い立った。屋敷の周りをぐるっと回り、隙間や破れ目を探した。そして、とうとう伴蔵はその顔を見ることができた。

しかし、そのとたん伴蔵は凍りつくような恐怖に襲われ、髪の毛が逆立った。なぜなら、それはとうの昔に死んだ女の顔だったからである。新三郎に抱きついている女の手は白い骨だった。その体は腰から下はうっすらとした影に溶け込んでいた。新三郎の目には若く優美な姿が映っていたが、伴蔵の目にはおぞましい死者の姿しか映らなかった。するとその時、部屋の中でもう一人の女が、さらに気味の悪い姿で身を起こすと、気づいたかのようにすばやく伴蔵が覗いている穴に向かってきた。

伴蔵は恐怖で震え上がり、白翁堂勇斎の家に駆け込んだ。狂ったように戸を叩くと、勇斎が起きてきた。

五

人相見の白翁堂勇斎は、諸国を遍歴してさまざまなことを見聞していたから、たいていのことには驚かなかった。また、勇斎は生きている人間と死んだ人間との恋愛譚《だん》を中国の古い書物で読んだことがあったが、本当のことだとは思っていなかった。しかし、この伴蔵の話には驚きの色を隠せなかった。同時に、怖くなった。なぜなら新三郎はまもなく命を落とす運命だとわかってしまったからだ。

勇斎は、怯えている伴蔵に言った。

「その娘が死霊ならば、何か特別な手を打たぬ限り、お前さんのご主人の命は長くはない。すでにご主人の顔には死相が出ているはずじゃ。なぜなら、生きている者の気は陽で、死んだ者の気は陰だからじゃ。死霊と交わった者は生きてはおれぬ。百歳の天寿を授かった者でも、すぐにその生きる力を奪われてしまうのじゃ。……とはいえ、萩原様の命をお救いするために、できるだけのことを致そう。ところで、いいか伴蔵、このことはだれにも、お前さんの女房にも言ってはならぬ。わしは、夜が明けたらすぐに新三郎殿のところへ行ってみるからな」

六

その日の朝、勇斎に問い質されて、最初のうち新三郎は、女を家に入れてなどいないと否定した。しかし、そんな小細工は無駄だとわかり、またこの老人が、好奇心からではなく、心の底から自分を心配してくれているのだとわかると、とうとう正直に打ち明けた。そして勇斎に頼んだ。

「飯島家の娘御とはできるだけ早く結婚するつもりです。ですから、このことはぜひとも内密にしてください」

勇斎はあきれた顔で新三郎を見た。

「気でも触れられたのか。よろしいか、新三郎殿、お主のもとを毎夜訪ねてくる者どもは死人《しびと》でござる。お主は死霊に取り憑かれているのでござるぞ。……お露殿は亡くなったものと思い、お主が念仏を唱え、位牌に供え物をしていたことが何よりの証拠ではござらぬか。……お主の首に触れたのは死霊の唇じゃ。お主を抱きしめたのは死霊の手じゃ。……お主の顔にはすでに死相が現れておる。それなのに、お主はわしの話を信じようとなされぬ。……新三郎殿、命が助かりたいのなら、どうかわしの言うことをお聞きくだされ。さもなければ、お主の命はあと二十日も持ちませぬぞ。あの二人は、下谷の、谷中の三崎に住んでいると言ったそうじゃな。しかし、お主はそこに行かれたことがおありでござるか。もちろんないであろう。では、今からすぐ谷中の三崎に行って、二人の家をお探しなされ」

このうえなく真剣にこれだけのことを言うと、勇斎は帰っていった。


新三郎は勇斎の言葉に納得したわけではなかったが、あまりに驚いたので、少し考えた後、下谷に行ってみることにした。

谷中の三崎に着いたが、まだ朝早かった。新三郎は通りや路地を歩き回り、あらゆる家の表札を確かめ、だれかを見かけるたびに尋ねてみた。だが、お米が言っていたような家はどこにも見当たらなかったし、尋ねた人のだれもが、独り身の女が二人で暮らしている家など思い当たらないと言うのだった。

　とうとう、これ以上探しても無駄だと思い、新三郎は近道を通って家に帰ることにした。たまたまその道は新幡随院の境内を横切っていた。

　ふと、寺の裏手の、二つ並んでいる新しい墓が新三郎の目を惹いた。ひとつは小さな墓で、もうひとつは堂々とした墓で、その前には、お盆のときに置かれたままだと思われる美しい燈籠があった。新三郎は、お米がこれとまったく同じ燈籠を提げていたのを思い出し、何とも奇妙な偶然だと感じた。もう一度墓を見てみたが、故人の名前もなく、戒名が刻まれているだけだった。そこで新三郎は寺に行って話を聞いてみることにした。

　応対に出た寺の小僧は、あの大きな墓は牛込の旗本、飯島平左衛門の娘お露殿のために最近建てられたものであり、隣の小さい墓は、お露殿の葬儀の後すぐに後を追った女中のお米のものであると答えた。

　すぐに新三郎の脳裏に、お米の言葉が別の意味を持ってよみがえった。

「私どもは寮を出ることになりました。そういうわけで、谷中の三崎にごく小さな家を見つけ、今はそこで細々と暮らしております」

　確かにこれは、ごく小さな家だ。しかも谷中の三崎にある……。

　恐怖に襲われた新三郎は、大急ぎで白翁堂勇斎の家に駆けつけ、助けてくれるよう懇願した。しかし、勇斎は「今度ばかりは自分の手にはおえぬ」と言った。そして、法力《ほうりき》で新三郎を救ってほしいという手紙を持たせて、すぐに新三郎を新幡随院の高僧、良石《りょうせき》和尚のもとに行かせた。

七

良石和尚は、深い学識を具えた高徳の僧であった。和尚はその霊力で、この世のすべての出来事の因果を見抜けるのであった。新三郎の話を聞いても、良石和尚はたじろぐことなく言った。

「恐ろしい危険がそなたの身に迫っておる。そなたの前世《ぜんせ》か、それ以前の世での罪業の報いなのじゃ。そなたをお露さんの霊と結びつけているきずなはきわめて強い。しかし、説明したところで、そなたには要領を得ないじゃろう。それゆえ、このことだけ申し上げておこう。お露さんの霊は、そなたを憎んでいるのでもないし、敵意を抱いているのでもない。むしろ逆なのじゃ。お露さんの霊は、そなたをこの上なく慕っているのじゃ。おそらくその娘御は、そなたに二世《にせ》も三世《さんぜ》も前から懸想《けそう》していたのじゃろう。だから生まれ変わるたびに、姿や境遇が変わっても、そなたを追いかけるのをやめられないのじゃよ。そういう因果ゆえ、お露さんの霊から逃れるのは容易なことではない。……そなたにありがたいお守りを貸して進ぜよう。これは、純金の海音如来《かいおんにょらい》の像じゃ。とくに死霊除《よ》けに霊験があるのじゃ。これを袋に入れ、帯の下にはさんで、肌身はなさず持っていなされ。……わしは、今からすぐにお露さんとお米さんのために施餓鬼供養をいたそう。……それからな、これは雨宝陀羅尼経《うぼうだらにきょう》というお経じゃ。夜になったら、必ずこのお経をお読みなされ。……そして、この御札《おふだ》の束をあげるから、家のあいている所すべてに貼るのじゃ。どんな小さな穴も見逃さずにな。そうしておけば、御札の力で死霊は入って来れぬ。だが、たとえ何が起ころうとも、お経を読み続けるのを忘れてはいけませぬぞ」

新三郎は、良石和尚にうやうやしく礼を述べた。そして、お守りとお経と御札の束を持って、日が暮れる前に家に帰ろうと大急ぎで寺を後にした。

八

勇斎は新三郎を手伝って屋敷のあらゆる戸口や窓や隙間に御札を貼りつけると帰っていった。夜になった。暑く、空は澄んでいた。新三郎はしっかり戸締りをし、お守りを帯の下に付け、蚊帳に入った。それから行灯の明かりで雨宝陀羅尼経を唱え始めた。長いあいだ、意味もわからぬままにお経を読んでいた。少し休憩したが、頭の中は今日の不思議な出来事で一杯だった。子《ね》の刻《こく》を過ぎても眠くなかった。とうとう八つ時（午前二時）を告げる伝通院《でんづういん》の大鐘の音が聞こえてきた。

鐘の音がやんだ。すると新三郎は、いつもの方角から近づいてくる駒下駄の音を聞いた。その足取りはゆっくりしていた。

カラン、コロン。カラン、コロン。

新三郎の額に脂汗《あぶらあせ》が浮かんだ。震える手で急いでお経を開くと、新三郎は大声で読み始めた。

足音は次第に近づいてきて、生垣のあたりで止まった。

すると、どういうわけか新三郎は蚊帳の中にじっとしていられなくなった。愚かにも、新三郎は外の様子を見たくなった。雨宝陀羅尼経を読みつづけるかわりに、何か強い力に押されるように雨戸のところへ行き、裂け目から夜の闇に目を凝らしてみた。家の前でお露が、牡丹の絵柄の燈籠を手にしたお米と一緒に立っていた。二人は玄関の上に貼られている御札をじっと見つめていた。

生きていた時分でさえ、これほどお露が美しく見えたことはなかった。新三郎は、すぐにでも雨戸をあけてお露に会いに行きたかったが、底知れぬ死の恐怖から、何とか押し留まった。恋情と恐怖がせめぎ合い、新三郎は焦熱地獄にいるような心地がした。

やがて、お米の声がした。

「お露さま、家に入れません。萩原様は心変わりされたに違いありません。昨夜の誓いを反古《ほご》にされ、こんなふうに玄関を閉めて私たちを入れてくれないのですから。……今夜は、中に入れないでしょう。……お露さま、もう萩原様のことはあきらめなさいませ。だって、あの方のお気持は変わってしまったのですから。萩原様がもうお露さまに会いたくないと思っているのは明らかです。あんなつれないお方をお慕いになるのはもうおやめなさいませ」

お露はしゃくりあげながら言った。

「ああ、あれほど誓いあったのに、こんなことになるとは……。今まで幾度も、殿方のお心は秋の空のように変わりやすいものと教えられてきました。でも、萩原様は私を閉め出すほど酷《むご》いお方ではありません。お米、何とかして萩原様のところへ連れていっておくれ。……そうしてくれないなら、私は何がどうあっても家には帰りません」

お露は長い袖で顔をおおいながら、お米にせがみ続けた。その姿は本当に美しく、新三郎の心を震わせた。しかし、新三郎の胸には死の恐怖が重くのしかかっていた。

とうとうお米が言った。

「お露さま、どうしてあんなつれないお方をあきらめきれないのですか。……まあ、とにかく裏口からでも入れないか見てみましょう。さあ、こちらへ参りませ」

そう言うと、お米はお露の手を引いて屋敷の裏手に回った。二人は、吹き消された行灯の明かりのように姿を消した。

九

毎夜、お露とお米は丑《うし》の刻にやって来た。そのたびに新三郎はお露の泣く声を聞いた。しかし、新三郎は命だけは助かったと信じていた――すでに自分の運命が伴蔵夫婦の手で決められていたとも知らずに。

伴蔵は勇斎に、今起きている不可思議な出来事について、だれにも、女房のおみねにも言わないと約束していた。しかし、まもなく死霊に脅かされることになった。毎夜、お米が伴蔵の家にやってきて揺り起こし、新三郎の屋敷の裏手の小さい窓の御札を剥がしてくれと頼むからであった。そのたびに伴蔵は、恐怖のあまり、明日の日の入りまでにはきっと剥がすからとお米に約束するのだが、昼のあいだは、新三郎にきっと何か悪いことが起きるにちがいないと思い、決心がつかなかったのである。

とうとう、ある嵐の夜、お米が自分を激しくののしる声で伴蔵は眠りを破られた。お米は枕元で身をかがめ、伴蔵に警告した。

「私を甘く見てはなりません。明日の夜までに、あの御札を剥がしてくれなかったら、私の恨みがどれほどのものか、思い知る破目になりましょう」

こう言いながら、お米がものすごい形相でにらんだので伴蔵は怖くて息も止まりそうだった。

おみねはその時まで、お米が伴蔵のところに来ているのを知らなかった。いや、伴蔵自身も悪夢を見ていると思っていたのである。しかし、その晩おみねは、ふと目を覚ますと、伴蔵に話しかけている女の声を耳にしたのである。おみねは女の姿を探したが、行灯の明かりで見えたのは、蒼白になって震えている夫の姿だけだった。女の姿はどこにもなかったし、戸口はしっかり閉められていたから、だれも家の中に入って来られないはずだった。だが、おみねの心は嫉妬にかきたてられていた。おみねに責め立てられて、伴蔵は秘密を打ち明けてしまった。

話を聞くうち、おみねの嫉妬は驚きと当惑に変わっていった。だが、おみねは狡猾な女だったから、すぐに主人の新三郎を犠牲にして夫を救う方法を思いついた。幽霊と取引するようそそのかしたのである。

次の夜も、お露とお米は丑の刻にやって来た。

カラン、コロン。カラン、コロン。

駒下駄の音を聞くとすぐ、おみねは身を隠した。伴蔵は暗闇の中を外に出て行き、勇気を奮って女房に教えられたとおりに言った。

「手前《てまえ》が約束を守らないのをおまえさまが責めるのは当然です。でも、手前は、おまえさまを怒らせるつもりなどありません。御札を剥がさないのは、手前ども夫婦が、萩原様のお蔭で暮らしているからなのです。萩原様にもし何かあれば、手前どももまた、暮らしに困ってしまいます。しかし、百両の金があれば、手前どもは他人《ひと》に頼らず暮らして行けますから、おまえさまを喜ばせて上げられましょう。そういうわけですから、金子《きんす》百両くださされば、御札を剥がして上げられるのですが」

お露とお米は、しばらく黙って顔を見合わせていた。それからお米がお露に言った。

「お露さま、このお方にご迷惑をかけるのは良くないと申し上げたではありませんか。だって、このお方を恨む筋合いは何もないのですから。でも、萩原様のことを想い続けても無駄というものですよ。萩原様は心変りされてしまわれたのですから。いいですか、もう一度言いますよ、萩原様のことはお忘れなさいまし」

しかし、お露は泣きながら言った。

「お米、たとえどんなことがあっても、私には萩原様を忘れることなどできません。御札を剥がしていただくために百両を工面しておくれ。……お願い、お米、もう一度だけでいいから、私を萩原様に会わせておくれ。本当にお願いだから」

袖で顔を隠しながら、お露はお米にせがみ続けた。お米が言った。

「まあ、どうしてそんなご無理をおっしゃるのでしょう。私にはそんなお金などないのはお露さまもよくおわかりでしょう。……でも、これだけ申し上げても、お露さまがそんな気まぐれをおっしゃるのなら、どこかで金子を都合して、明日の夜ここへ持ってまいりましょう」

それからお米は、裏切り者の伴蔵に向かって言った。

「伴蔵、実は、萩原様は海音如来というお守りを身につけておられます。そのお守りがあるかぎり、私たちは萩原様には近づけません。御札を剥がすだけでなく、何とかしてそのお守りも萩原様から奪っておくれ」

伴蔵は弱々しい声で答えた。

「百両くださると約束してくれたら、それもやりましょう」

お米は言った。

「お露さま、そういうことですから、明日の夜までお待ちなさいましね」

お露は、しゃくりあげた。

「お米、今夜も萩原様にお会いできずに帰らなければならないの。ああ、何と酷い……」

お露の影は、お米の影に手を引かれて泣きながら去っていった。

十

次の日の夜、死霊たちがやって来た。しかし、今夜は屋敷に入れないという嘆きの声は聞こえなかった。裏切った伴蔵が、死霊から金子を受け取り、御札を剥がしたからだった。それだけでなく、伴蔵は昼間、新三郎が風呂に入っているすきに、純金の海音如来像をお守り袋から取り出し、代わりに銅のお守りを入れ、金のお守りは、畑に埋めておいたのであった。だから死霊たちは苦もなく屋敷に入れたのである。袖で顔を隠したまま、死霊たちは御札が剥がされた小さな窓から霧のようにすうっと入って行った。

翌日、伴蔵が勇気を奮って主人の屋敷に出かけ戸を叩いた頃には、もう日は高かった。主人の返事はなかった。こんなことは何年もなかったことである。伴蔵は不安になった。何度も大声で呼んでみたが返事がなかった。そこでおみねに手伝ってもらい、何とか戸をこじ開けると、伴蔵はひとりで寝間に行ってみた。声をかけたが、やはり返事がなかった。光を入れようと簾《すだれ》を巻き上げたが、何の気配もなかった。そこで蚊帳の裾をめくってみた。だが、中を一目見たとたん、伴蔵は絶叫し、屋敷から飛び出した。

新三郎は死んでいた。むごたらしい死にざまだった。ものすごい恐怖に苛《さいな》まれて死んだことが、その顔に表れていた。すぐ隣には女の骨があった。その手は新三郎の首を締めていた。

十一

人相見の白翁堂勇斎は、伴蔵の頼みで新三郎の遺体を見に行った。勇斎はその惨状に仰天し、恐ろしくなったが、同時に鋭くあたりを検分した。すぐに勇斎は、屋敷の裏手の小さい窓の御札が剥がされているのに気づいた。また、新三郎の亡骸《なきがら》を改めているうち、純金のお守りがなくなり、代わりに銅の不動明王像が入っているのに気づいた。勇斎は、伴蔵が盗んだのではないかと疑ったが、今回の件があまりにも奇妙なので、まず良石和尚に相談したほうが良いと考えた。そこで勇斎は、年老いた身に鞭打って新幡随院に駆けつけた。

良石和尚は訪ねてきた理由も聞かず、すぐに勇斎を自分の部屋に通した。

「お前さんならいつでも歓迎じゃ。ま、楽にしてすわっておくれ」

良石和尚は言った。

「ところで、お気の毒に、萩原様は亡くなられましたぞ」

勇斎はびっくりして訊ねた。

「はい、いかにもさようでございます。でも、どうして和尚さまはそれを……」

和尚は説明した。

「萩原様は、悪因縁に祟られておったのじゃな。おまけに、下男が悪人での。萩原様にはどうすることもできなかったのじゃよ。前世よりもずっと前から決められていた運命なのじゃ。だから、このたびのことは諦めるほかないのじゃよ」

勇斎は頷いた。

「いやはや、精進弁道《しょうじんべんどう》に努めるお坊様には、百年先が見える霊力が具わると聞いてはおりましたが、実際、そのようなお力をこの目で見たのは生まれて初めてでございます。ところで、もうひとつ……」

良石和尚がさえぎった。

「あの有難い海音如来のお守りが盗まれたというのじゃろう。しかし、心配は無用じゃ。あの純金の如来像は畑に埋められておるが、来年の八月、愚僧のもとに戻ってくるのじゃから」

ますます驚いて、勇斎はあえて和尚に訊ねてみた。

「私はこれまで陰陽道と易学を学び、人の運勢を占って暮らしを立ててまいりました。でも、どうして和尚さまが一切をお知りになれるのか合点がゆかぬのですが」

良石和尚は重々しく答えた。

「わしがなぜ、たまたまそういう力を持っているかは気にかけなくてよろしい。……ところで、萩原様の葬儀のことじゃ。もちろん萩原家には代々の墓があるが、萩原様は飯島家の娘御と一緒に葬ってやるべきじゃろう。お二人の因縁はきわめて深いからじゃ。そして、お前さんが施主になって萩原様の墓碑を建ててやるのが良いと思うがな。お前さんは長年、萩原様にたいそう世話になったからのう」

かくして新三郎は、谷中の三崎にある、新幡随院の墓地に埋葬されたのであった。


牡丹燈籠の幽霊話はこれで終わりである。


友人がこの話は面白かったかと尋ねたので、私は言った。

「新幡随院の墓地に行ってみたくなりましたよ。作品の舞台をこの目で見たいから」

「すぐにご一緒しますよ。ところで、登場人物についてはどう思われましたか」

「西洋的な考え方からすれば、新三郎は卑劣な男ですね。私はこの話を読みながら、新三郎を西洋の民間伝承《フォークロア》に出てくる男たちと比べていました。西洋の男なら、死んだ恋人と一緒に墓に入るのは望むところでしょう。しかも基督《キリスト》教徒ですから、この人生を謳歌できるのはただの一度だけだと信じているわけです。ところが新三郎は仏教徒です。つまり、現世の前にも後にも百万回も人生があるわけなのに、新三郎はたった一回の人生すら、わざわざ冥土から戻ってきた恋人のために捧げなかった身勝手な男です。こう考えますと、身勝手というよりむしろ卑怯ですね。侍でありながら、死霊から護ってくれるよう僧侶に助けを求めました。あらゆる点で、新三郎は見下げ果てた男です。ですから、お露が新三郎を絞め殺したのはきわめて当然の仕打ちですね」

「日本的な見地からも、同じことが言えますよ。新三郎は小さい男です。でも、そういう弱い性格の人物を採用したからこそ、かえって話が面白くなったともいえますよね。私の意見では、唯一魅力的な登場人物は、あのお米です。忠実で愛すべき古風な女中ですね。頭がよく、如才なく、気が利いて、お露が生きているときだけでなく、死んでからも忠誠を尽くしたわけですから。……さあ、新幡随院にまいるとしましょうか」

新幡随院の寺は、興味を引くほどのものではなかったし、打ち棄てられた墓地は嫌悪感を催させた。墓が並んでいた場所は芋畑になっていた。ちゃんと立っている石塔はなく、てんで勝手に傾いており、墓石の文字は剥げ落ちて読めなかった。台座だけが残っている墓の傍らに水桶が砕けて転がっていた。いくつかの仏像は頭がもげたり、手が欠けたりしていた。先日の雨が黒い土に沁み込み、あちこちに泥濘《ぬかるみ》や水溜りを作っており、蛙がぴょんぴょん跳ねていた。芋畑を除けば、すべてが何年もほったらかされていたような姿であった。

門を入ってすぐの小屋でひとりの婦人が煮炊きをしていた。友人はその婦人に、牡丹燈籠の話に出てくる墓のことを尋ねてみた。

「ああ、お露とお米の墓ですか」

婦人は笑顔で教えてくれた。

「お寺の裏の、いちばん最初の列の、端っこのあたりにありますよ。お地蔵様の隣ですよ」

私はこういう種の偶然を日本のどこか他の場所でも経験したことがあった。

私たちは、水溜りや、お露やお米のようにここに埋められている者たちを養分にしている芋畑を抜けて、ほとんど刻まれている文字が読み取れない二つの苔《こけ》むした墓碑のところに出た。大きな墓石の隣に鼻がもげた地蔵が立っていた。

「とても読めそうにありませんね。……でも、ちょっと待ってください」

そう言うと友人は袂《たもと》から柔らかな白い紙を取り出し、墓石に当てると、地面からつかんだ土くれで擦《こす》り始めた。すると、土で黒くなった表面に文字が白く現れた。友人が説明してくれた。

「三月拾一日、子年《ねどし》、長男、火事、宝暦六年、とありますね。……これは、根津の、宿屋の主人か何かの吉兵衛という人のお墓ですね。あっちの墓を見てみましょう」

　友人は新しい紙ですぐに戒名を写し、読んだ。

「演《えん》妙《みょう》院《いん》法《ほう》耀《よう》意《い》貞《てい》顕《けん》姉《し》法《ほう》尼《に》……これは、比《び》丘《く》尼《に》の墓ですね」

　意外ななりゆきに私は驚いた。

「何だ、あの婦人は私たちをからかったのですね」

　友人は首を振った。

「いや、あの人を責めることはありませんよ。先生は何か不思議なことを期待してここに来たんでしょう。そして、びっくりさせてもらったというわけです。先生だって、まさかあの怪談が実話だとは思っておられなかったでしょう」

第二部　小泉八雲が見た明治日本

蓬　莱

杉岡直衣

これは、現在《いま》では手の届かぬ高い所へ行ってしまった、ある気高い深遠なものを表した青の画《え》である。

まばゆい靄《もや》の中で、海と空が溶けてひとつになっている。春の朝だ。海と空だけがつくる淡青色のひとつの巨大な世界。前景では、銀のさざ波が揺れ、泡が糸を引くように渦巻いている。しかし、遠景には何の動きもない。海のおぼろげな藍緑色《あおいろ》が、空の紺碧色《あおいろ》に溶けていく。水平線は見えない。宇宙に舞い上がる青い空間があるだけだ。眼前には無限の広がりが、頭上には無限の蒼穹《そうきゅう》がある。高いところで海と空はその色を深めてゆく。しかし、深い青い虚空に、月のように彎曲《わんきょく》した宮殿の屋根と高い塔が、ほんのかすかに見て取れる。思い出のように柔らかい陽の光に照らされた、不思議な、古くて美しい宮殿の幻である。

これは、私の家の床の間にかかっている掛物、すなわち絹地に描かれた日本画を見て、心に去来したことを描写したものである。「蜃気楼《しんきろう》」と題されているものの、その姿は、夢の国「蓬莱《ほうらい》」の光を帯びた門と、竜王の宮殿の月の形をした屋根の姿である。この王宮の様式は（現代の日本の筆致で描かれてはいるが）、二千百年前の中国にまで遡る。

蓬莱については、多くのことが、当時、すなわち秦《しん》代の中国の書物に記されている。曰《いわ》く、蓬莱には死も苦悩《なやみ》もなく、冬すらない。曰く、蓬莱に咲く花は決して枯れることがない。曰く、蓬莱の果実は一年中《いつでも》食べられる。一度《ひとたび》その果実を味わえば、飢えも渇きも覚えることはない。曰く、蓬莱には叢林枝《そうりんし》、緑梧葵《りくごあおい》、養心枝《ようしんし》といういかなる病をも治す魔法の草がある。曰く、反魂董《ばんこんとう》という死者を蘇らせる魔法の草もあり、その草は魔法の水で育てられる。その水を一口飲むだけで永遠の若さが手に入る。曰く、蓬莱の民は、ごくごく小さな椀で飯を食う。しかし、椀の飯は、いくら食べても——食べたくなくなるまで食べても——減らない。曰く、蓬莱の民は、ごくごく小さな杯《さかずき》で酒を飲む。しかし、その杯は、いくら飲んでも——酔って快く眠ってしまうまで飲んでも——飲み干せない。

こうした話や、さらに多くの話が秦代の伝説として書き残されている。しかし、伝説の作者たちは蓬莱を、たとえ蜃気楼の中にせよ、一度も見たことがないはずだ。なぜなら、実際には、一口食べれば永遠に飢えも渇きもなくなる果実も、死者を蘇らせる草も、魔法の水が湧く泉も、飯が減らない椀も、酒の尽きない杯もありえないからだ。

蓬莱には死も、悲しみもないというのは正しくない。冬が来ないというのもまた虚仮《こけ》である。蓬莱の冬は寒く、風は骨身にしみる。宮殿の屋根にも目を見張るほど雪が降り積もるのである。

しかし、蓬莱はすばらしいことに満ち溢れている。中でも、もっともすばらしい点についていは、どの中国の作者も記していない。すなわち、蓬莱の大気についてである。それは、蓬莱にだけ存在する大気である。その大気のせいで、陽射しは何処《どこ》よりも白く感じられる。その陽射しは、眩《まぶ》しくない乳白色《ちちいろ》をした、驚くほど澄んだ、けれどたいそう穏やかな光である。

この大気は、人間が地球に現れるずっと前の、太古の大気である。古すぎて、どれほど古いか考えるだけで気が遠くなるほどだが、この大気は窒素と酸素でできているのではない。霊魂――百京《けい》の百京倍もの数の世代の生きとし生けるものの魂が溶け込んだ、ひとつの巨大な半透明の物質――でできているのである。

その霊魂は、私たちとは似ても似つかない感じ方や考え方をしていたのである。人間がこの大気を吸うと、霊魂の持つ感覚が血の中に溶けこんでしまうので、時間と空間の感覚が、眠りに襲われるように変わってしまい、霊魂が見たり、感じたり、考えていたとおりに、見たり、感じたり、考えたりするようになるのである。そうした感覚で眺めると、蓬莱はこんなふうに描写できるかもしれない。

蓬莱の民は、ひどい悪意を知らないので、心が決して大人にならない。そして、心がいつまでも子どものままなので、生まれてから死ぬまでにこにこしている。しかし、神仏が死の悲しみをだれかに届けた時は例外である。そんな時には、悲しみが消えるまで、人々の表情は翳《かげ》るのである。

蓬莱の民は、ひとつの家族のように愛し合い、信じ合っている。女性の言葉は鳥の歌のようである。その心が鳥の魂のように明るいからだ。遊んでいる少女たちの袖が揺れるさまは、大きな、柔らかい翼が羽ばたくようだ。

蓬莱の民は、死の悲しみの他には、何も隠さない。恥じる理由がないからだ。鍵をかけて物を仕舞うこともない。盗まれる理由がないからだ。昼も夜も、戸に閂《かんぬき》はかけられない。恐れる理由がないからだ。

蓬莱の民は、不死身ではないが、小さな精霊《せいれい》なので、竜王の宮殿の他すべてのものが小さく、古めかしく、一風変わっているのである。蓬莱の民は本当に、ごくごく小さな椀で飯を食べ、ごくごく小さな杯で酒を飲むのである。

こうした暮らしぶりは、蓬萊の人たちが霊魂の大気を呼吸しているからのように見える。しかし、それだけが理由ではない。霊魂の大気の謎は、本当は、昔から人間の中に存在する理想や希望と同じものにすぎないのだ。そして、それはこれまで多くの人の心に満ちていたのだ。利己的《みがって》でない生きざまのもつ素朴な美しさの中に、あるいは女性たちの優しさの中に。

西洋からの不吉な風が蓬萊の上を吹き渡っている。その風によって霊魂の大気は吹き払われてしまった。現在《いま》では、その大気は日本画のたなびく明るい雲のように、ほんのかけらほどしか残っていない。蓬萊の小さな精霊たちを空想してみれば、まだその大気を感じられる。だが、それ以外には、もうどこにも見つけられない。

蓬萊が蜃気楼、すなわち空《くう》なるものと呼ばれることを思い起こすがいい。その姿は、徐々《しだい》に消えつつある。そのうち、もはや画《え》や詩や夢の中だけにしか、蓬萊はその姿を現すことはなくなるであろう。

停車場にて

松崎久子・大和田瑞子

明治二十六年　六月七日

昨日、福岡から凶悪犯護送の件で電報がはいりました。福岡で捕らえられた凶悪犯が、裁判にかけられるためにいよいよ本日正午、列車で熊本駅に着くというのです。熊本署からは警部が一人、犯人を受け取りにすでに福岡に派遣されていました。

ちょうど四年前の夜、熊本の相撲町《おすもうちょう》のとある民家に強盗が押し入り、家人を脅して縛りあげ、金目のものを残らず盗み去った事件がありました。警察がすばやい捜査網をしいたため、その強盗は盗品を売りさばくことすらできず、二十四時間もたたないうちに捕まってしまったのでした。しかし、警察署に連行されていく途中、強盗は縛られていた手縄をひきちぎり、捕縛していた警官の刀を奪い取って刺し殺し、逃亡してしまったのです。それ以来、先週まで、その強盗の行方は杳として知れませんでした。

ところが、一人の熊本の刑事がたまたま福岡の刑務所を訪ねたとき、受刑者の中に、この四年の間、ずっと刑事の脳裏に深く焼きついて離れなかった男の顔をみつけたのです。

「あの男はだれかね」

刑事は看守に尋ねました。

「こそ泥で……」看守は記録をめくりながら「ここに草部とあります」と答えました。刑事はつかつかと囚人に歩み寄り、言いました。

「貴様は草部なんかじゃない。本名、野村貞一、貴様は殺人容疑で熊本で指名手配中の男だ」

その囚人はみるみる青ざめ、すべてを白状したのであります。


熊本駅に護送されてくるその凶悪犯を見るため、私は大ぜいの群衆にまじって駅に行きました。私は人々の怒りが渦巻き、暴力沙汰さえあるのではとひそかに恐れていました。殺された警官はたいへん人望の厚い男でしたし、遺族もここに来ているはずです。それに熊本県人の気質はとても穏やかとは言えません。ですから、当然、警官も大ぜい出動して、厳重な警備がなされているものと思っていましたが、私の予想はまったく外れてしまいました。

列車はいつもどおりの喧騒の中に入ってきました。乗客たちの下駄のガタガタ鳴る音、新聞やラムネ売りの少年たちの甲高い呼び声……。私たちは柵の外で、五分ほど待たされていました。やがて、改札口を警部に押し出されるように囚人が出てきました。がっしりとした体格の見るからに乱暴な荒くれ者という感じで、首をがっくりと落とし、両腕は後ろ手に縛られていました。警護の警部とともにその囚人は改札口の正面で立ち止まりました。人々は一目見ようと、無言のまま、どっと前に押し寄せました。そのとき警部が群衆に大声で呼びかけたのです。

「杉原さん！　杉原おきびさん！　いますか？」

「はい！」

私のそばに立っていた、小さな子どもをおぶっているほっそりとした小柄な婦人が、群衆を掻き分け進み出ました。婦人は殺された警官の未亡人で、背中の子どもはその幼い息子だったのです。警部が手で制したので、群衆はさっと後ろに下がり、囚人と警部の周りにちょっとした隙間ができました。その隙間に、子どもをおぶった婦人は夫を殺した凶悪犯と真正面から向かい合ったのです。あたりは水を打ったように静まり返りました。

やがて、警部は婦人にではなく、背中の子どもにむかって話しかけました。低い声でしたが、はっきりと話したので、私には一語一語聞き取ることができました。

「坊《ぼっ》ちゃん、この男が四年前に坊ちゃんのお父さんを殺したやつですよ。坊ちゃんは、そのときはまだ生まれてなくて、お母さんのお腹の中だったのですよ。本来なら、坊ちゃんにはかわいがってくださるやさしいお父さまがいらしたものを、それを奪ったのは、この男です。ようく御覧なさい」

警部は囚人のあごをつかみ、ぐいとその顔をもちあげました。

「ようく目をあけて、この男を見なさい。坊ちゃん、怖がっちゃいけません。悲しくて、さぞおつらいでしょうけれど、お父さまのためにもしっかりと見てやるんです」

母親の肩越しに子どもは目をいっぱいに見開いて、おそるおそる男をみつめていましたが、そのうちに、涙をぽろぽろとこぼしはじめました。しかし、しゃくりあげながらも、しっかりと、子どもは言われたとおりにおびえた囚人の顔を見据え続けました。

群衆は息をのみました。

そのとき、囚人は急に顔をくしゃくしゃにしたかとおもうと、不自由な足かせがはまっているというのに、いきなりひざをがっくりとつきました。そして、額を土にこすりつけ、深い悔恨の情に身を苛《さいな》むような苦悶の声をあげたのです。その声は人の心を揺さぶり、はっとさせました。

「許しておくんなせえ。どうかこのわしを許しておくんなせえ、坊ちゃん……わしは、坊ちゃんのお父さんを憎くて殺したんじゃねえ。ただ、ただ恐ろしくて、逃れてぇ一心で刺しちまった。わしは極悪非道の悪党じゃ。わしは坊ちゃんに何というとりかえしのつかねぇことをしちまったのだろう。でも、わしはこの罪のためにもうすぐ死んでいくんです。わしは心から死にてえ、喜んで死にてえ。だから、坊ちゃん、このわしを哀れんでくだせえ。どうか、どうか……どうかわしを許してくだせえまし」

子どもはなおもしくしくと泣いていましたが、警部は懺悔《ざんげ》に身をふるわせている罪人をたちあがらせました。群衆は二人を通すために、さあっと左右に道をあけました。そのとき、ふいに、群衆の間にすすり泣きがもれはじめました。そして、赤銅色に日焼けした警護人が通り過ぎるとき、私は今までに一度も目にしたことがないものを見たのです。おそらくだれも見たものはいないでしょうし、これからも決して二度と見ることはないにちがいない――日本の警官の涙を、見たのです。

群衆は引き上げました。そして私は一人、たった今、はじめて目撃したこの出来事の奇妙な教訓に思いをめぐらせていました。ここにあるのは、本当のおさばきでした。己の犯した罪がひきおこした痛ましい結果を見せつけ、その罪の重大さをはっきりとわからせる、実に見事で理にかなった、情のあるほんとうのおさばきでした。

また、ここには、死を目前にして、一途に許しを乞い願うだけの、後悔しても仕切れない自責の念がありました。

さらには、心やさしい日本の大衆がいました。怒らせるとおそらくこの国で最も手ごわい存在でしょうが、世の中というものをよくわかり、情にもろく、心から改心するならば、それだけで許してしまう大衆でありました。人間の本性の弱さや生きていくつらさを、日々の経験から心底知り尽くして、決して怒らず、罪のみを深く悲しむという心やさしい大衆でありました。けれども、この話の注目すべきことは、たいへん東洋的なのですが、罪人の父性愛に訴えて、改悛させたという点にあります。おそらく、日本人ならほとんど潜在的に、わが子への深い情愛というものをもっているからなのです。

有名な石川五右衛門という泥棒の、こんな話を聞いたことがあります。深夜、五右衛門がある家に押し入り、家人を殺害し物を盗もうとしたことがありました。ところが、その家の赤ん坊が五右衛門に手を伸ばして笑いかけてきたのです。五右衛門は、つい引き込まれて、いっしょに遊んでしまい、とうとう金品を運び出せなかったそうです。

これはありうることだと思います。毎年、警察の記録には泥棒たちがいかに子どもにいたわりをもったかという例がたくさんのっています。数か月前にも、地元の新聞に恐ろしい殺人事件、一家皆殺し事件がのっていました。七人もの人たちが切り刻まれていたそうです。しかし、警官は血の海で泣いている無傷の幼子を発見したのです。そして、人々を無情に切り刻んだ犯人が、明らかに、子どもには指一本触れないように気を使ったらしい痕跡を見つけたのでした。

きみ子

宮治真紀子

忘らるる身ならんと思う心こそ
忘れぬよりもおもいなりけれ

（きみ子作）

（原作者註・愛する人に忘れられてしまいたいと願うほうが、その人を忘れまいとするより苦しいものである）

一

その名前は、京都の芸者通りの、ある置家《おきや》の入り口に掛けられた、紙の軒灯《ランタン》に書かれている。

夜の芸者通りは、この世でもっとも不思議な世界である。道は乗船通路《タラップ》のように狭く、左右に並ぶ置屋は、すべて鈍《にぶ》く光る木でつくられており、その玄関は固く閉ざされている。脇には、磨り硝子《すりがらす》のように見える障子窓《しょうじまど》がついた小さな引き戸があり、一等船室《キャビン》を思わせる。

実際は二階建てなのだが、月明かりでもないと、すぐにはそうとは気づかない。というのも、下の階の簾《すだれ》までしか明かりは届かず、その上は、真っ暗闇だからである。明かりは、障子窓の背後《うしろ》のランプと、軒下《のきした》に掛かっている紙の軒灯によるものである。

通りは、これらの軒灯の列にはさまれており、軒灯の列は、遠くで、一つの黄色い光のかたまりになっている。軒灯は、卵型、円筒形、四面体、あるいは六面体をしており、その上に、美しい文字が書かれている。

通りは、きわめて静かである。まるで、大きな展示会が閉まった後、そこに残された展示物の小屋のようである。これは、住人たちが皆、出払っているためである。芸者通りの住人は夜の世界の住人なのである。

通りを南に降りて行くと、最初に目に入る左手の軒灯の文字は、「金乃家《きんのや》　お方内《かたうち》」である。それは、「お方」という芸者のいる黄金の楼《ろう》、というほどの意味である。

右手の軒灯の文字は「西村」で、その置屋には、「三代鶴《みよつる》」という芸者がいる。その源氏名《げんじな》は、長命な鶴という意味である。

次に、左手に見えるのは、「梶田」で、花の蕾《つぼみ》を意味する「小花《こはな》」と、可愛らしい人形という意味の「雛子《ひなこ》」という芸者がいる。

その向かいは、「長江《ながえ》」であり、「君香《きみか》」と「きみ子」がいる……。

こうした、光に浮かぶ名前の列が、八町《はっちょう》ほど続くのである。

「長江」の軒灯の文字は、君香ときみ子の間柄と、その名前の由来を表している。すなわち、君香はきみ子の師匠であり、女主人である。また、きみ子は二代目であり、その名前は誉れある称号なのである。

君香は二人の芸者を育てたが、二人ともきみ子と名づけた。同じ名前を使っているのは、初代きみ子の評判が高かったあかしである。不運な、あるいは、不遇に終わった芸者の源氏名は、その後継者には決して付けられないのである。

「長江」で遊ぶ理由とお金があったら、小さな鈴がついた戸を引き開ければ、君香に会えるだろう。もっとも、その晩芸者たちにお座敷がかかっていなければの話であるが。君香に会ってみれば、知的で、話し相手として申し分ない人物であることがわかるだろう。

芸者通りは、悲劇や、喜劇や、色恋沙汰の伝統に満ちているのである。どの置屋にもそうした話があり、君香は、その全てを知っているのである。気が向けば、君香は、世にも珍しい話、実際にあった生々しい話、人間の本性《ほんせい》をうかがわせる話をしてくれるだろう。ある話は痛ましく、ある話はこっけいであり、また、ある話はものを考えさせる。

二代目きみ子の物語は、最後の部類である。

これは、それほど驚くべき話ではないだろうが、西洋人がもっとも理解しやすい話であろう。

二

初代きみ子が妹芸者だった時分、君香もまだ若かった。初代きみ子はすでに亡くなり、もはや思い出の中の存在にすぎない。

二代目きみ子について、君香は口癖のように言った。

「あんなにようできた妓《こ》には、会《お》うたことはあらしまへんえ」

芸者として名をあげるには、美人であるか、あるいは、非常に賢くなければならない。中でも、とくに評判を取る芸者はその両方を兼ね備えているのであり、そうした資質を師匠に見込まれると、ごく若いうちから、将来の花形として仕込まれるのである。

「鬼も十八、薊《あざみ》の花よ」と日本の諺にもあるとおり、若い盛りには、並みの舞妓でさえ、いくらかの可愛らしさはあるものである。

しかし、きみ子は、可愛らしいどころではなかった。きみ子は、日本的な美しさそのものであった。それほどの美貌の持ち主は、十万人に一人もいなかったのである。

また、きみ子は賢いばかりでなく、行儀作法も行き届いていた。優美な歌を詠み、みごとに花を活け、茶の作法も申し分なかったし、巧みに刺繍もし、美しい組み紐《くひも》も作った。

きみ子は、いわば完成された女性であった。

きみ子の御披露目《おひろめ》は、かた苦しい京都の世界にひと波乱巻き起こした。もはや、きみ子の将来は約束されたも同然だった。

また、きみ子が芸者として非の打ちどころが無いしつけを受けていたことも、すぐに明らかになった。

きみ子は、いかなる場合でも、どう振る舞うべきかをすでにわきまえていたのである。というのも、きみ子が知りようはずがない知恵のすべてを、君香が教えていたのだから――美貌の威力、情のはかなさ、誓紙《せいし》の交わしかた、つれなさの値打ち、男心の愚かさと残酷さを。だからきみ子は、男と深間《ふかま》にはまらなかったし、泣かされることもめったになかった。

次第にきみ子は、君香の望みどおりのいささか危険な女に成長していった。だが、その危険さは、男たちの野心と欲望を照らし出す明かりのようなものであり、さもなければ、男たちはその明かりを吹き消しただろう。なぜなら、明かりの役目は、快楽を目に見えるものにすることであり、悪意はないのである。

実際、きみ子には男たちを破滅させようという悪意はなかったし、危険すぎたわけでもなかった。

きみ子が自分たちの一族に連なりたいのでは、と疑っていた上流家庭の母親たちは、きみ子にそうした意図がまったくないこと、また、いかなる危険な恋愛沙汰にも関心がないことを知ったのである。

自らの血で誓紙を認《したた》め、相手にも左手の小指を切って血判を押すよう求める若者にも、きみ子はほだされることはなかった。ただ、冗談めかしてあしらうだけだった。

身も心も自分のものになる条件で家や土地を買ってやろうとした多くの金持ちには、きみ子はもっとつれなかった。

一夜にして金持ちになれるだけの金を君香に払って、きみ子を落籍《ひか》そうとした大尽《だいじん》もいた。この申し出には、きみ子も心から感謝したが、きみ子は芸者のままでいた。

とはいえ、きみ子のすげなさは洗練されていたから、男たちの恨みを買うようなことはなかった。また、きみ子を諦めねばならぬ男たちの宥《なだ》め方も巧みだった。

無論、例外もあった。

きみ子を自分のものにできないなら、生きていても甲斐がないと思いつめた老人が、ある晩、きみ子を座敷に呼び、ワインで乾杯するよう命じた。しかし、人の顔色を読むのに長《た》けていた君香は、すばやく、きみ子のワインを同じ色の茶にすり替えた。

君香の直感は、きみ子の貴い命を救った。ものの十分後には、その愚かな老人の魂は、絶望の中、独り、冥土へと旅立っていったのだから。

その夜以来、君香は仔猫を守る野良猫のようにきみ子を見守り続けた。

仔猫は、時代の寵児《スター》に、時代のひとつの光景になった。男たちの正気を失わせ、時には精神を錯乱させた。

きみ子の名を今でも覚えている異国の王子がいる。王子はきみ子に大粒のダイヤを贈った。しかし、きみ子はそれで身を飾ることはなかった。きみ子はまた、多くの金持ちから数知れぬ贅沢品を贈られた。

たとえ一夜でも、きみ子の優雅さに触れることは、金に不自由ない若者たちの共通の願いだった。しかし、きみ子は身を許したどの男にも特別な愛情を与えることはなかった。

このことをなじられても、きみ子の返事は決まっていた。

「うちは、うちの立場をわきまえているつもりやさかいに」

実際、きみ子は、分《ぶん》をわきまえ続けたのであった。

きみ子の名は、どんな家の醜聞《スキャンダル》にも出ることはなかったので、世間体を気にする女たちでさえきみ子を悪く言うことはなかった。

時が流れるにつれ、きみ子の魅力はますます増していった。評判を取った芸者は他にもいたが、きみ子ほどの存在はなかった。

ある製造業者は、きみ子の写真を製品のラベルに使用する独占権を手に入れたが、そのラベルはその男の会社に一財産もたらした。


しかし、ある日、きみ子がついにひとりの若者に惚れたという噂が広まった。実際、きみ子は君香に暇《いとま》を告げ、その若者のもとへ去ったのである。

その若者の境遇なら、きみ子が望む限りの高価な着物を買ってやれたし、きみ子の派手な過去に関する噂を封じ込めることもできただろう。その若者は、きみ子を芸者の境遇から抜け出させたいと心底願っており、何より、きみ子のためなら十度死ぬのも厭わなかった。

君香によると、その若者は、本当に恋慕のあまり自殺を図ったのである。すると、きみ子は、情にほだされ、目を覚ましてやるどころか、再び、恋に身を灼《や》く愚か者に戻してやったというのである。

太閤秀吉は、この世で怖いものはたった二つ、それは愚か者と夜の闇だと言ったが、君香も常に愚か者を恐れており、その愚か者がきみ子を連れ去ったのである。

君香は、欲得からではない涙を流した。

「きみ子はんは、二度と、うちのところには戻って来やはらしまへんやろ。お二人とも、何度生まれ変わらはっても一緒にならはる仲やさかい」

だが、君香は事の半分しかわかっていなかった。

君香は利口で鋭い女だったが、きみ子の心の秘密の小部屋を覗くことまではできなかった。もし、君香がその部屋を覗いたなら、驚きのあまり悲鳴を上げたことだろう。

三

きみ子は、芸者には珍しく名門の出だった。生まれたとき、きみ子は「あい」と名づけられた。適切な文字を当てるなら、「愛」であろうが、「哀」という同じ音の文字を当てることもできる。実際、「あい」の人生は愛情と悲哀の物語である。

あいは、裕福に育った。

幼いころ、あいは、年老いた侍が開いている寺子屋に通った。毎日、下男が教科書や筆箱や、座布団や小さな机を運びながら、あいを送り迎えした。

そこでは、一尺ほどの高さの机の前に少女たちが正座し、教師たちは無給で教えていた。教師が役人より高い給料を取る昨今《このごろ》では、教えるということは、もはや当時のような真摯で楽しい行為ではなくなってしまったが。

その後、あいは公立の小学校に通った。あいは、呑み込みのよい生徒だった。

ちょうど日本で最初の「現代的な」教科書が発行された時分で、そこには、よく選ばれた、イギリスやドイツやフランスの、道義心、義務、勇気についての話が載っており、現実にはありえないような服を着た西洋人の姿が挿絵に描かれていた。通俗的な、分別くさく編集された教科書ばかりの今日では、その小さな教科書はもはや骨董品である。

年に一度、試験の時期になると、ある高級官僚があいの学校を訪問し、ご褒美《ほうび》を配りながら、自分の孫のように語りかけ、ひとりひとりの絹のような髪を撫でた。その役人は今は引退した政治家であるが、あいのことを覚えていないのは確かである。今日の学校には、生徒たちの頭を撫でてやったり、ご褒美をあげたりする人物など見かけなくなってしまったが。

維新の後《のち》、多くの武士階級が零落《れいらく》していった。あいも学校を去らねばならなくなった。いくつか不幸もあり、とうとう母親と、あいと、幼い妹だけが残された。

母親とあいは、機《はた》を織る以外に暮らしの手立てを知らなかった。だが、それだけでは暮らして行けるだけの金は稼げなかった。

まず家と土地が、そして先祖伝来の家宝、装身具、高価な着物、家紋入りの漆器など、ただ生きてゆくのには直接必要のないすべての品が、世に言う「涙の金」で富を築く者たちによって、ひとつ、また、ひとつと、買い叩かれていった。

親戚縁者に頼ることもできなかった。同じ武士階級であった親戚も貧窮にあえいでいたからである。

とうとう、すべてが、あいの教科書までもが売り尽くされたとき、先祖に助けが求められた。というのも、あいの父方の祖父の墓に、大名から拝領した黄金の拵《こしら》えの太刀が埋葬されているのを思い出したからである。

墓があけられ、凝《こ》った装飾の黄金の柄《え》と鍔《つば》が、月並みなものと取り替えられた。蒔絵《まきえ》の鞘《さや》は売ることにしたが、武士には刀が必要であろうと、そのみごとな刀身までは取らなかった。

位の高い武士は、古くからのしきたりで、棺《ひつぎ》の代わりに大きな赤土《あかつち》の壷《つぼ》に埋葬されるのだが、あいは、その中で背筋を伸ばして座っている祖父の顔を見た。埋葬されて長い年月を経ても、祖父の容貌は確かめられた。祖父は、刀身までは奪われなかったので、この無慈悲な行為に、不承不承《ふしょうぶしょう》同意しているように見えた。

するうち、母親は床に伏せがちになり、機を織れなくなった。祖父の太刀から得た金も使い切ってしまった。

あいは覚悟を決めた。

「お母さま、もう、どうしようもあらへん。うちは芸者になるさかいに」

母親は何も言わず泣いていた。あいは涙も見せずに、独り、家を出た。

父親が生きていたころ、家で宴会が開かれ、舞妓たちがお酌をしていたのをあいは思い出した。そのとき、君香という一本立ちの芸者が幼いあいにやさしくしてくれた。

あいはまっすぐ君香の家へ向かった。

「うちを買《こ》うておくれやす。ぎょうさん、お金がいるさかいに」

君香は笑顔で、あいをやさしく抱きしめた。それからあいに食事を出し、身の上を聞いてやった。あいは、一粒の涙も見せず、臆することなく事情をすべて打ち明けた。

君香はあいを気に入った。

「あいちゃん、お金、ぎょうさんは無理どすわ。今、手元にあんまりあらしまへんしな。かわりに、お母はんの面倒、見させてもらいますさかい。そのほうが、ええんとちがいまっしゃろか。お母はんは、身分の高いお人やさかい、じょうずなお金の使い方知らはらへんもんな。あいちゃんが二十四歳になるまで、そうか、お金をぜんぶ返してくれはるまで、うちのところにいるという書類にな、お母はんの名前を書いてもろうてきてえな。それでな、今からうちが上げるお金は、お母はんへの贈り物やさかい、返してくれんでいいんよ」

こうして、あいは芸者になった。

君香はあいに、きみ子という名を与え、母親と小さい妹を養う約束をした。まもなく母親は亡くなってしまったが、妹は女学校の寄宿舎に入れられた。

その後も君香は約束を守り続けた。


ところで、きみ子への恋慕から自らの命を断とうとした若者は、富裕な華族の一人息子だった。その両親は、息子のためならいかなる犠牲をも喜んで払おうとした。たとえそれが芸者を嫁に迎えることであってもである。それに、きみ子は若者によく尽くしたから、両親はやみくもにきみ子を嫌っているわけでもなかった。

きみ子は若者のもとへ出奔《しゅっぽん》する前、女学校を卒業したばかりの妹うめの結婚式に出た。芸者家業で男を見る眼を磨いたきみ子が、仲を取り持ったのである。きみ子は、おとなしくて器量のよいうめに、純朴で律儀《りちぎ》な、昔かたぎの商人を選んだ。浮気など、しようとしてもできないような人物であった。うめは姉の判断の正しさを疑うことはなかったが、その後の時の経過がそれを証明した。

四

きみ子が、用意された屋敷に迎えられたのは、四月のことだった。

その屋敷は人の世のあらゆる煩雑さから無縁の場所であった。高い塀に囲まれ、まるで静かな庭の中に魔法で残された妖精の館のようであった。きみ子はその屋敷で、生前の善行により蓬萊の国に生まれ変わったように感じることもあったかもしれない。

しかし、春が過ぎ、夏が来ても、きみ子は結婚しようとしなかった。理由《わけ》を言わないまま、きみ子は三度も挙式の日を延期した。

八月になると、きみ子は芸者の時分の陽気《あかる》さを失っていた。そしてある日、結婚を延ばしているわけを、きわめて穏やかに、しかし、はっきりと語った。

「うちが、ずっと言わんと延ばしてきたことを、お話するときがきましたえ。うちを産んでくれはったお母はんと大事な妹のために、うちは地獄で暮らしてきましたんえ。それはもう済んだことやさかい、かましません。

そやけど、泥水《どろみず》稼業《かぎょう》の痕《あと》はうちの体から消せへんのどす。立派なお家《うち》に入ることも、あんさんのお子を産むことも、あんさんと家庭を築くことも、うちはできしません。

えらい生意気言うてすんまへん。かんにんえ。そやけど、こないな稼業のおかげで、うちは、あんさんよりずっと世間を知ってますさかい。

あんさんの妻にしてくれはっても、あんさんが恥ずかしい思いをしやはるだけどす。うちは、あんさんのただのお友だち、遊び相手、ひと時の慰み者でかましません。ぎょうさん贈り物をいただいたさかいに、こないに言うてるわけやおへんえ。

うちは、ここにいるわけにはいかへんのどす。そのうち、あんさんにも、もっと世間がわかってきやはると思うし。

うちのあんさんへの気持は、ちっともこれまでと変わっていやしません。これは、ほんま、うちの本心やしな。

そのうち、きっとすてきな女子《おなご》はんがあんさんの妻にならはるやろさかい。うちは、あんさんの遊女《あそびめ》、あんさんの人生を通りすぎた幻か、夢か、きらきらした影にすぎんのどす。

時が経てば、うちも少しはましになってるかも知れまへん。そのころには、あんさんのお子に会いに行くかもしれへんけど、うちには、妻の座を奪うような真似はようできしません。それに、人のお子の母になるいう喜びも、よう求めしません。この世でも、生まれ変わっても、うちは、あんさんの妻にはなれしません。

そやさかい、もう行かなあかしません。ほな、おきばりやす」

十月のある日、きみ子は屋敷から姿を消した。その行方は杳《よう》として知れなかった。

五

きみ子がいつ、いかにして、いずこへ去ってしまったのか、知る者はなかった。近所の人たちも、きみ子の立ち去る姿を見ていなかった。

当初、きみ子はすぐに戻ってくるだろうと思われていた。というのも、きみ子は、美しい着物や簪《かんざし》、宝石など、それだけでひと財産になるものを、すべて置いていったからである。しかし、何の音沙汰もないままに数週間が過ぎた。そうなると、きみ子の身に何か起きたのではと大騒ぎになった。川底が浚《さら》われ、井戸の中が調べられた。電報や手紙で消息が問い合わせられた。頼りになる下男たちがきみ子を捜しに派遣された。

どんな些細な情報にも報奨金がかけられた。きみ子とごく親しかった君香には、特に多額の報奨金が申し出された。だが、君香は、きみ子が見つかりさえすれば、一銭も受け取ろうとしなかったであろう。

しかし、きみ子の行方はわからなかった。

警察に頼っても無駄であったろう。というのも、きみ子は罪を犯したわけでもなく、法を破ったわけでもなかったのだから。大日本帝国警察の巨大な組織は、愛に溺れた一人の若者の気まぐれのために動くような存在ではなかったのだから。

何か月も過ぎ、何年もたった。しかし、君香も、京都にいるきみ子の妹も、馴染《なじみ》だった数多くの男たちも、再びきみ子を見かけることはなかった。

いつしか、きみ子が屋敷を立ち去る前に予告していたとおりになった。きみ子が愛していた男性は、心根のやさしい妻を迎え、息子が生まれた。男性には世間というものが見えてきたのだった。時の流れが涙を乾かし、あらゆる思慕の念を収めさせ、再び同じ恋の絶望から己が命を断つ気づかいもなくなったのである。

さらに数年が過ぎた。

きみ子がひととき住んでいた屋敷は、おだやかな幸福に包まれていた。

ある朝、屋敷に、旅の尼僧《にそう》が托鉢《たくはつ》に来た。

「はぁい、はぁい」

尼僧の呼びかけを聞いて、幼い息子が門へ走って行った。

型《かた》どおり米を喜捨《きしゃ》しようとしていた下男は、尼僧が息子の頭をやさしく撫で、何ごとか囁《ささや》いているのを見て不思議に思った。

「ぼんが上げるんや」

息子は下男に言った。

すると尼僧は、大きな編笠の下から言った。

「このぼんに、うちへの施しをさせてあげてくれはらしませんか」

息子は尼僧の鉄鉢《てっぱつ》に米を入れてやった。尼僧は軽く頭を下げると、息子に頼んだ。

「お父さまに言うてほしいと頼んだ言葉を、もういっぺん、ちゃんと言うてくれはりますか」

息子は舌足らずにくり返した。

「お父さま、あなたはんと、この世で二度と会うことのできへん者が、あなたはんのぼんを、ひと目見られて、ほんまにうれしゅう思うてます」

尼僧は静かに微笑むと、もう一度息子の頭を撫で、すばやく立ち去った。

下男はますます不思議に思ったが、息子は父親に尼僧の言葉を伝えようと走って行った。

その言葉を聞くと父親は、身をかがめて息子を抱きしめ、涙を流した。なぜなら父親には、いや、父親だけには、屋敷の門を訪れたのがだれなのか、そして、その者の秘められた犠牲のすべての真意がわかったからだ。


今、父親の心は多くの思いで占められているが、だれにも、何も、口にしていない。悟ったからなのだ――自分と、自分を愛した女性とは、もはや星と星よりも遠く離れていることを。そして、わかっているのだ――屋敷を訪ねて来た尼僧に訊ねても無駄であることを……。狭く入り組んだ路地裏の、この世でもっとも貧しい者たちにしか知られぬ名もない小さな寺の闇の中で、おまえが大いなる光の到来を待っているのは何処《いずこ》の遠い街なのかと。

いつの日か、そのまばゆい光の中で、釈尊《しゃくそん》が微笑みかけ、いかなる生身の恋人よりも、深くやさしく語りかけることだろう。

「わが娘よ、おまえは至高の真理を信じ、生涯をかけて全《まっと》うした。おまえは悟りを得たのだ。よって、私はこうしておまえを迎えにきたのだ」

はる

小原知博

はるは、きわめて古風にしつけられた。

素直で、行儀がよく、おとなしく、自分の義務を進んで果たす女性、すなわち世界でもっともやさしい女性になるよう育てられたのだが、こうした家庭教育は日本だけのものであろう。

こういう女性は、今日でもまだ残ってはいるが、やさしすぎたり、美しすぎたりして、昔の日本社会ならいざしらず、せちがらい現代では生きづらいだろう。

はるは、夫の言いなりになるようしつけられたのであった。嫉妬や、哀しみや、怒りを覚えずにはいられないときでさえ、それを表に出してはいけないと教えられた。また、夫の欠点も、咎めるどころか、そのままやさしく受け入れるべきだと教えられた。

要するにはるは、少なくても外見上は、完全に自分を殺して夫に仕える妻、という人間ばなれした存在になるよう要求されたのである。

夫が同じような家の出で、細やかな感情の持ち主で、よく妻の気持を察し、傷つけぬよう気づかう人物であったら、はるは、こうした要求通りの妻でいられたであろう。


はるが自分よりずっと良い家庭に育ったせいもあり、夫にははるという人間を今一つ理解できなかった。しかし、実のところ、はるは夫には少し過ぎた妻であった。二人はたいそう若い時分に結婚し、最初のうちは裕福ではなかった。しかし、次第に暮し向きは良くなっていった。夫が商売の才覚に恵まれていたからである。はるは時折、夫は貧しかった頃がいちばん自分を愛してくれていたのではと思っていたが、女性のこうした判断は十中八九、正しいものである。

豊かになっても、はるは夫の着物をすべて自分で縫ったし、夫もはるの裁縫を上手だと誉めた。はるは夫に良く仕え、着替えを手伝い、家の中が万事、夫が気持良く暮らせるように努めた。朝、夫が仕事に出かけるときには笑顔で見送り、帰ってくるとかならず出迎え、夫の友人たちには愛想良く接した。

なるたけ倹約に励んだが、大きな出費を伴う場合でも夫に気兼ねせずに済んだ。というのも、夫は吝嗇《りんしょく》ではなかったし、はるが、銀色の蝶が羽をたたんでいるように優美に着飾るのを見るのも好きだったたし、芝居見物に連れて行くのも好きだったからだ。はるは夫に随《つ》いて、春は桜の名所に、夏は蛍見物に、秋は紅葉狩りにと出かけた。

夫婦は時折、舞子《まいこ》の海岸で松籟《しょうらい》の声を聞いて一日をすごした。また、ある日の午後は清水《きよみず》のたいそう古い夏の家ですごした。そこは五百年も前の夢の世界のようで、高い木立が濃い影を落とし、築山の滝から冷たく澄んだ水の瀬音が聞こえ、どこからともなく古風な笛の音《ね》が流れてくるのであった。その穏やかな音には、哀しみが混じり、まるで金色《こんじき》の黄昏《たそがれ》が日没とともに青く変わっていくように心を慰めた。

このようなちょっとした物見遊山を除いて、はるが外出することはめったになかった。自分や夫の親戚は遠くに住んでいたし、はるのほうから訪ねて行くこともほとんどなかった。床の間や神棚に花を活けたり、部屋をきれいにしたり、庭の池の金魚に餌をやったりして時をすごすのであった。金魚は、はるに懐《なつ》いており、はるの姿を見ると水面《みなも》に頭をのぞかせた。

まだ子どもがいなかったので、はるの人生には新たな喜びも苦労も入り込んでいなかった。若妻風に髪を結っていても、まだ娘のように見えた。実際、はるの心は子どものように純真だった。

しかし、何かの折に夫がなにげなく仕事の相談をすると適切な答えをするのであった。夫ははるの意見に感心し、次第に大きな件についても相談するようになった。おそらくはるは、理屈で考えてというよりも夫を思う気持から、どうすべきか考えていたのだろう。だが、たとえ直感にせよ、はるの判断は常に的確であった。夫は、はるを信頼し、若い日本の商人がその尊敬する妻に見せるやさしさと思いやりを見せていた。五年の間、はるは幸せに暮らしていた。

しかし、あるときを境に、夫の態度が冷たくなった。その変わりようがあまりに急だったので、子が授からない不満がそうさせたのだとは思えなかった。そこで、本当の理由がわからぬまま、妻として至らないからではとはるは自分を責めたのである。はるは、いっそう夫に尽くそうと努めた。だが、夫の態度は変わらなかった。

夫は口にこそしないものの、自分に言いたいことがあるのが、はるにはよくわかった。日本の裕福な家庭では、夫が妻にひどい言葉をかけることはめったにない。下品で粗野な振る舞いだとみなされるからだ。教育と分別のある夫なら、妻になじられてもやさしい言葉で応じるのである。このような態度は、日本では、男らしい男なら礼儀として当然であった。いやむしろ、そうすることがいちばん無難なのである。気位の高い繊細な日本女性は、ないがしろにされて長く我慢してはいない。気性の激しい女性なら、売り言葉に買い言葉で投げつけられた夫の言葉に憤激して、自害することさえあるのだ。そんな場合には残された夫は死ぬまで恥をかき続ける破目になるのである。

しかし、無視したり関心を示さなかったりすることで妻に他の女性の存在を疑わせるという、言葉より残酷な、しかも波風が立たない仕打ちも夫にはできるのである。

実際、日本人の妻というものは、嫉妬を見せないようにしつけられてきた。しかし、嫉妬の感情はいかなるしつけよりも根が深い。それは愛のように人を捉えて放さない感情なのである。

無表情の仮面の下で、日本人の妻は西洋人の妻と同じく、美しく着飾って夜会に臨んでいる最中でも、この嫉妬の苦しみから逃れたいと神仏に祈り続けているのである。

はるは明らかに、嫉妬して当然の立場にあった。しかし、あまりにも初心《うぶ》だったから、すぐにはその原因が思い当たらなかった。しかも、使用人たちは、世間知らずのはるをあえて悩ますまいと、何も教えてくれなかった。

夫は一日の仕事が終わると、はると一緒にすごすのが常だった。しかし、そのうち毎晩一人で出かけるようになった。始めのうちは仕事だと言っていた。だが、そのうち理由も言わなくなり、いつ戻るとも言わなくなった。しまいには、口には出さないけれどもひどくよそよそしい態度を示すようになった。夫はすっかり変わってしまった。「心に鬼が棲みついたようじゃ」と使用人たちは噂しあった。

事実、夫は罠に嵌《はま》っていた。芸者の甘いささやきに理性は麻痺し、その微笑みに目は何も見えなくなった。芸者は美貌の点では、はるにはとても及ばなかった。しかし、蜘蛛が巣をかけるように官能の糸で弱い男を絡めとり、あざけり、破滅させるまで締めつづける腕前には熟達していた。はるは何も知らなかった。夫の夜毎の外出が習慣となっても、まだ、はるは疑おうとしなかった。しかし、夫の金がどこかに消えているのを知って、とうとう原因をはっきり悟ったのである。

夫は、どこに出かけるのか何も言わなかったし、はるも聞くのを恐れた。芸者のことは努めて考えないようにした。口で咎める代わりに、いっそう愛らしく夫に接した。それだけで、利口な男なら自分がどうすべきか気づいたはずだ。しかし、商売以外のことになると夫は鈍かった。夫は芸者の元に通い続けた。次第に後ろめたさも薄れてゆき、家を空ける時間が長くなっていった。

はるは、妻たるものは常に起きて主人の帰りを待っていなければならぬと教え込まれていた。しかし、そうしているうちに神経が衰弱し、睡眠不足で熱を出すようになっていった。毎夜、使用人たちがいつもの時間に礼儀正しく挨拶して退《さ》がると、はるは、ひとりで悩み苦しんでいた。

ある夜、とても遅く帰宅した夫は待っていたはるに言った。

「遅くまで待たせてすまなかったね。もう起きて待っていてくれなくてよいからね」

自分が起きていたのを、あてつけがましく感じたのではと心配し、はるは明るく言った。

「あなた、私なら大丈夫です。眠くもありませんし、疲れてもいませんわ。どうぞお気になさらないで」

夫は、その言葉を文字通りに受けとめ、ますますはるに構わなくなった。程なく夫は一夜をどこかで過ごして帰ってきた。次の晩も、その次の晩も同様だった。三晩目に至っては朝食の時間にすら戻ってこなかった。

はるは、いよいよ妻の義務として、夫に話をしなければならない時が来たと覚悟した。

その日、はるは午前中ずっと夫を待っていた——夫と自分自身に恐れながら。というのも、はるは自分の心が本当に傷つけられたのを自覚していたからである。はるに忠実な使用人たちがそれとなく事情を教えてくれただけで、はるには一切がわかった。はるの体の具合は、すでに相当悪くなっていたが、自分ではそれに気づかなかった。気づいていたのは自分が怒っていることだけだった。そして、こんなにもつらい、突き刺すような、身をやつれさせる苦しみを覚えるのは、自分が至らないからだと思っていたのである。

嫉妬からでなく妻の義務として話しているのだと夫に伝わるように、うまく話を切り出すにはどうすれば良いかと考えているうち、昼になった。

表で人力車の音がし「旦那様のお帰り」という使用人の声が聞こえた。すると、急に心臓が跳びあがり、眩暈《めまい》をおこし、あたりの景色がぼんやりし、ぐるぐる回り始めた。

はるはやっとの思いで夫を迎えに玄関に出た。華奢《きゃしゃ》な体は、熱と痛みと、その痛みをこらえるつらさで震えていた。夫は不思議に思った。いつもの笑顔で迎える代わりに、はるが震える手で夫の絹の着物の胸元をつかんだからだ。

はるは夫の魂の残骸をさがすようなまなざしで顔を覗き込んだ。そして何か言おうとした。しかし、発せられたのはたった一言だった。

——あなた

同時に、弱くつかまれた手が放され、奇妙な微笑とともに瞳は閉じられた。夫が手をさしだす前に、はるは倒れた。夫は抱き起こそうとした。細い体の中の何かが弾け飛んだ。はるは死んだのである。夫は抱きしめ、涙を浮かべ、むなしくはるの名を呼んだ。使用人が医者を呼びに走った。しかし、はるは白く美しく横たわっていた。その顔には、怒りも、苦しみもなかった。まるで婚礼の日のように微笑んでいた。

二人の医者が公立の病院から駆けつけた。二人は軍医であった。軍医たちは、はるの死因を確かめてから、夫に肺腑《はいふ》を抉《えぐ》るような質問を浴びせた。それから軍医たちは研ぎ澄まされた刃《やいば》のような冷たく鋭い真実を夫に教えて聞かせると、亡くなったはるを残して帰っていった。

周囲は、夫がまるで出家でもしたみたいに人が変わったと思った。夫の良心がようやく目覚めたのは明らかだった。昼のあいだ、夫は京都の絹布や上方風《かみがたふう》の商品に埋もれて真剣な顔で黙って座っていた。使用人たちに思いやり深く接し、夜遅くまで働いた。使用人たちは、旦那様は立派になられたと感じていた。

夫は住居を変えた。はると暮らしていた屋敷には見知らぬ人が住むようになった。夫は二度とそこを訪ねなかった。おそらく、相変わらず花を活けたり、優美に腰をかがめて金魚に餌をやったりしている華奢な影を見るのを避けるためであったろう。

しかし、どこで休んでいようとも、夫は時折、その音の無い影を枕元に感じるのであった。その影は、自分を裏切った夫のために、その着物を縫い、しわを伸ばし、繕っているのである。忙しい仕事の最中でも、一瞬、店の喧騒が静まり、目の前の帳簿の文字がかすんでしまうのである。そして、神仏が黙らせてはおかぬ悲しげな小さな声が、夫の孤独な心に、問いかけるように一言発せられるのだ。

――あなた

お大の場合

高橋　梓

汝の父母を敬え（旧約聖書申命記Ⅴ・16）
汝の父の言いつけに従え、汝の母の教えを守れ（旧約聖書箴言Ⅰ・8）

一

お大《だい》は、棚の上の灯明《とうみょう》と香炉《こうろ》と水差しをどけて、後ろの小さな仏壇を開いた。そこには位牌が五つ並んでいた。金色《こんじき》の観音菩薩《かんのんぼさつ》像が、位牌の後ろで微笑んでいた。お大の祖父母の位牌は左に、両親の位牌は右にあった。

その真ん中に、弟の戒名《かいみょう》が彫られている小さな位牌があった。

昔、幸せに暮らしていた時分、お大は、弟と遊んだり、喧嘩したり、笑ったり、泣いたりしたものだった。

仏壇には、先祖の戒名を記した巻物もあった。幼いころから、お大は仏壇にお参りする習慣があった。


これらの位牌と巻物は、お大の過去に対する気持を象徴していた。

それは父の愛情や、母の抱擁よりも強いものであった。

また、常にお大を愛し、叱ることもなく、いつも笑顔を向けてくれた大人たちの記憶よりも強いものだった。大人たちは、赤ん坊のお大をおぶって、縁日の度《たび》に連れて行ってくれ、玩具《おもちゃ》を作って喜ばせてくれ、悲しいときには歌を唄って慰めてくれた。

お大の過去への気持は、やんちゃな弟の笑い、涙、声の記憶や、自分に駆け寄ってきた記憶よりも強かった。

その気持は、自分の家系に対する思いよりも強いものだった。

なぜなら、位牌と巻物は、目に見えぬ死者の魂の存在、その暗黙の同情と優しさ、そして、生者《せいしゃ》の喜びと悲しみの中に現れる、死者の喜びと悲しみを象徴しているからである。

お大はまた、日暮れ時に、仏壇に灯明をつける習慣があった。幾度お大は、小さな灯火がひとりでに揺れるのを、不思議な気持で見つめたことだろうか。

位牌は、信仰の厚さの証拠だけではないのだ。位牌には、死者の魂を甦《よみがえ》らせる不思議な可能性があるのだ。

位牌は、人が死んで、生まれ変わるまでの間、霊魂に一時的な場を与えるのだ。お香の染み込んだ位牌の、木の繊維の一本一本が、霊魂とともに生きているのである。霊魂が甦るのは、霊魂自身の意志の力によるのである。霊魂は、生者に愛の力を与えることもあるだろう。

位牌の力で、葬られた母親が、暗闇の中で、赤ん坊に乳を飲ませに戻って来ることもあるだろう。位牌の力で、火葬された女中が、生まれ変わって、許婚《いいなずけ》と結婚しに戻って来ることもあるだろう。位牌の力で、息子を与えさえするかもしれない。位牌の力で、主君を没落から守るために、家臣が棺《ひつぎ》から戻って来ることもあるだろう。

そして、愛や忠誠が意志を果たしたあと、霊魂の人格は失われ、ただの位牌に戻るのである。

二

お大は、このことを忘れてはならなかった。いや、お大は覚えていたはずだ。なぜなら、位牌と巻物を仏壇から取って窓の下の川に投げ捨てた時、お大は泣いたのだったから。だが、川の流れが位牌と巻物を連れ去ってゆくのを、お大はあえて見ようとはしなかった。

お大が位牌を捨てたのは、二人の英国人女宣教師《おんなせんきょうし》の命令によるものであった。基督教《キリストきょう》に改宗すると必ず、先祖の位牌を埋めるか、捨てるか、要求されるのである。お大は、女宣教師たちの一見親切そうな行動で基督教徒になったのだった。

この地方に初めてやってきた女宣教師たちは、たったひとりの改宗者であるお大に、読み書きができたので、助手として月三円の手当を約束した。

骨の折れる仕事をしても、お大は、月二円以上稼げたためしはなかった。しかも、その中から、小さな古道具屋の二階の家賃を、二十五銭払わねばならなかった。お大は、両親の死後、そこに織機《しょっき》と、先祖の位牌を持ってきていた。

お大は懸命に働いていた。しかし、月三円あれば楽に暮らせるし、宣教師たちはお大のために部屋も借りてくれた。

お大は、改宗しても世間の人は気にしないだろうと思っていた。

実際、だれも気にかけなかった。だれも基督教について知らなかったし、知ろうともしなかった。ただ、「毛唐《けとう》の女の言いなりになる愚かな娘だ」と嘲笑《あざわら》うだけだった。馬鹿な娘だと、何の悪意もなく嘲笑っていただけだった。——お大が、位牌を川に捨てるまでは。

今や、世間は皆、嘲笑うのをやめた。お大の動機は考えず、位牌を捨てた行為そのものを裁いたのだ。その裁きは、即座に、全員一致で、無言で行われた。だれも口に出してお大を非難しなかった。ただお大の存在を無視しただけであった。

日本社会では、道徳的な怒りは、いずれ冷めてしまう激しい怒りであるとは限らない。持続する、静かな怒りの場合もあるのだ。

お大に向けられたのは、冷酷な、無言の、厚い氷のような怒りであった。だれも、その怒りを口には出さなかった。まったく自然に出た、本能的な怒りだったのだ。

しかし、その怒りは次のような言葉で表せるかもしれない。

——この極東の人間社会は、太古から、現在の過去に対する報恩の念、生者の死者への尊敬、子孫の先祖への愛情を確認する儀式によって結ばれてきた。目で見える世界を遠く超えて、子の親への、使用人の主人への、家臣の主君への義務が広がっている。それゆえ、家族の中でも、地域の寄り合いでも、裁判の場でも、都市の統治でも、国の政治でも、死者が最高の地位を占めるのである。

孝行、先祖への信仰、信頼、感謝、尊敬という日本人の根本道徳に反したお大は、許すことのできない罪を犯したのだ。それゆえ、人々はお大を、唾棄《だき》すべき存在とみなし、最下層の人間ほどにも友情に値せず、道の犬や屋根の猫ほどにも親切に値しない存在とみなしたのだ。なぜなら、こうした者どもですら、それなりの弱い力で、愛情と義務という暗黙の掟を守っているからである。

お大は、先祖への感謝も、愛の言葉も、娘としての義務も、位牌とともに放棄したのだ。よって、今もこれからも、生きている者は、お大に、挨拶も、会話も、返事もしてはならぬ。

お大は、自分をこの世に出してくれた父の記憶も、乳を吸わせてくれた母の記憶も無視した。また、可愛がってくれた目上の人たちの記憶も、「ねえちゃん」と呼んでなついた弟の記憶も無視した。お大は愛をあざけったのだ。よって、お大は全ての愛、全ての親切に無視されるべきなのだ。

お大は、父母の霊魂に対し、住む場所を、食べ物を、一杯の水を拒否したのだ。よって、お大には住む場所も、食べ物も、一杯の水も拒否されるべきなのだ。

お大が先祖を捨てた以上、生きている者はお大を捨てるべきなのだ。お大は野垂れ死にすべきだ。その小さな腐肉《ふにく》には、だれも目をくれず、だれも葬らず、だれも哀れまず、だれも神仏に祈ってやるべきではない。

お大は餓鬼道《がきどう》に堕ちるべきだ。食べ物の山を前にして、食べるのを許されぬ餓鬼になるべきだ。お大は地獄に落ちるべきだ。お大の他にだれもいない孤独の地獄に。お大は、地獄の呪われた業火《ごうか》にその身を焼かれるべきなのだ……。

三

ある日、女宣教師たちは突然、お大に告げた。

「コレカラハ、私タチニ頼ラズ、自分デ生キテ行キナサイ」

お大は懸命にがんばったが、結局、何の役にも立たなかったのだ。

女宣教師たちは有能な助手を求めていた。そして、しばらくの間この土地を離れることになっており、お大を連れて行きたくなかったのである。

たしかに、お大は、基督教徒になるだけで、月に三円貰えると考えるほど愚かではなかった。

お大は泣いた。しかし、女宣教師たちは耳を貸さなかった。

「勇気ヲ出シナサイ。ソシテ、善ノ道ヲ歩ムノデス」

お大は訴えた。

「でも、どこにも働き口がないんです」

女宣教師たちは、お大を諭《さと》した。

「コノ社会デハ、皆、忙シク働キマス。ダカラ、勤勉デ誠実ナ人ハ、常ニ仕事スルノデス」

そこで、絶望的な恐怖の中で、お大は実情を打ち明けた。

「周りの人たちが、みんな、急に冷たくなったんです。だれも口をきいてくれないんです」

しかし、女宣教師たちには理解できなかった。

「ワカリマセン。絶対ニ、ソンナコト、アリマセン」

お大は哀願した。

「このままでは、生きて行く道がないんです。あたし、死ぬかもしれないんです」

すると、女宣教師たちは表情を変えた。

「オダイ、オマエハ、信仰ヲ捨テタノデスネ。ダカラ、私タチヲ困ラセルノデスネ、ソウデスネ」


しかし、それは女宣教師たちの誤解だった。

この娘には、悪のかけらもなかったのである。弱さゆえの愛想の良さと、幼い信じやすさが、お大の過ちの最大の原因だった。本当は、お大は女宣教師たちに、痛切に助けを求めたのだ。今すぐに助けてくれと。

だが、女宣教師たちはお大が金を欲しがっているとしか思わなかった。そうしてくれなければ信仰を捨てると脅迫していると思ったのだ。お大はいつも前払いで金をもらっていたので、女宣教師たちはお大に払わねばならぬ残金はなかった。だから、女宣教師たちはこれ以上、一銭の金もお大に払う必要はないと考えたのだ。


女宣教師たちは、お大を、着の身着のまま置き去りにした。

お大は、すでに自分の部屋を引き払っていた。もはやお大には、着ている一枚の着物と、擦り切れた足袋《たび》の他には、金に替えるものがなかった。その足袋は、女宣教師たちが、少女が裸足《はだし》でいるのははしたないと言って、お大に命令して買わせたものだった。また、女宣教師たちはお大に、日本女性の髪型は基督教徒でない証《あかし》だからと、髪をねじって後ろで奇妙な形に結ぶよう強制した。

日本の少女が、先祖をないがしろにしたと皆の前で裁かれたらどうなるであろうか。英国の少女が、貞操を失ったと世間に判断されたらどうなるであろうか。

無論、お大が気丈《きじょう》な娘だったら、袖に石を詰め込んで川に身を投げたであろう。日本社会では、身投げはこのような場合、賞賛されるべき行為なのである。もしくは、喉を掻《か》き切ったであろう。喉を切るには勇気と技術が要るので、さらに立派な行為とされているのだ。

だが、多くの庶民の改宗者同様、お大は弱かった。日本人の伝統的な勇気は、お大には欠けていたのだ。お大はまだ、生きてお天道《てんとう》さまを見たかった。お大は、自分の誇りを守るためなら、世間全体を相手にできるような強い性格ではなかった。

完全に基督教を捨てた後でさえ、お大には生まれた土地を離れる道しか残されていなかったのである。

お大の身体《からだ》を、お大が懇願した値の三分の一で買った男は言った。

「俺の稼業《かぎょう》はろくでもねえさ。だが、こんな稼業でさえ、お前《めえ》のような女は入れねえんだよ。

お前のやったことは、そういうことなんだぜ。お前をおれの店で働かせてみろ、客が寄りつかなくなっちまう。みんな、騒ぎ出しちまうぜ。だから、お前は大阪に送られるのさ。お前を知る者《もん》はいねえからな。金は大阪の店が払う手筈《てはず》だぜ……」

こうして、お大は、永遠に消えた。都会の男たちの欲望の坩堝《るつぼ》の中に消えたのだ……。

日本社会について、全ての外国人宣教師が理解すべきことの、生きた例になるのがお大の運命《さだめ》だったのである。

赤い婚礼

和田久實

一目惚れは、日本では西洋ほど多くない。社会の構造《しくみ》のせいもあろうし、親が早めに結婚を決めてしまうので、恋人を求めてやまない寂しさをあまり覚えないですむからでもあろう。

その一方、日本の場合、情死は稀《まれ》ではないが、たいてい一緒に死ぬという特徴があり、ふつう不道徳な恋の顛末《てんまつ》とみなされる。だが、中にはうるわしい情死もあり、こうした例は、地方でよく見られる。それは、きわめて自然で純粋な男女の友情が、突然、愛情に変わった結果かもしれないし、幼年時代から育《はぐく》まれてきた愛情の悲劇的な結末かもしれない。

いずれにせよ、西洋の心中と日本の情死には興味深い違いがある。情死は一時の激情にかられた結果などではなく、冷静に作法どおり行われる秘蹟であり、死んでやっと結ばれるという意味合いもある。神仏の前で愛を誓い、遺書を残して死ぬのだから、これ以上神聖な誓いはありえない。

それだけに、どちらか一方がだれかに発見されて命をとりとめたり、医者の手当てで蘇生したりすると、愛と名誉のために、なるべく早く命を棄てるのを余儀《よぎ》なくされるのである。

もちろん、二人とも救われた場合にはそれですむかもしれないが、「命にかけて誓った恋人を独りで冥土に行かせた男」という悪評を買うくらいなら、懲役五十年の刑に服すほうがましだろう。

誓いを果たせなかった女性のほうは、まだ世間に忘れてもらえるかもしれないが、死に切れなかった男が、「邪魔が入っただけだ、俺のせいではない」として生き続けるとしたら、死ぬまで世間から、嘘吐《うそつ》き、人殺し、犬畜生にも劣る臆病者、人間の面汚《つらよご》しと言われ続けるのである。

そうした例を私はひとつ知っているが、ここではむしろ、東国《とうごく》のある村で起きた慎《つつ》ましやかな恋の話をしようと思う。

一

その村は、幅の広い、たいそう浅い川の土手沿いにあった。石ころだらけの川床《かわどこ》が水に隠れてしまうのは梅雨時くらいのものだった。

川は広大な水田を地平線の果てまで南北に横切り、西には青々とした山が聳《そび》え、東には低い木が並ぶ丘が連なっていた。村と丘の間には八町《ちょう》ほどの幅の水田が続き、丘の上には十一面観《じゅういちめんかん》世音菩薩《ぜおんぼさつ》を祀《まつ》った寺と墓地があった。

村はこの地方の集散地としてそこそこの位置を占めていたから、田舎によくある藁葺《わらぶ》きの家が数百軒あるほか、大通りには立派な瓦屋根の二階建ての宿屋や商店が建ち並んでいた。また、天照大御神《あまてらすおおみかみ》を祀った美しい氏神様の神社があり、桑畠の中には、お蚕様《かいこさま》を祀った小さな神殿があった。


明治七年、この村の内田という染物師の家で、太郎という名の男子が生まれた。太郎の誕生日は、たまたま陰暦八月七日の悪日《あくにち》だった。昔気質《むかしかたぎ》な両親は、不吉を恐れ、悲しんだ。そこで気の毒に思った近所の人たちは両親を慰めた。

「天子様がお変えになった新しい暦では、その日は吉日《きちにち》に当たっていますよ。これも神仏の思し召しと思えば良いじゃありませんか」

この言葉で両親の気持はいくらか楽になったが、それでもお宮参りの際には、たいそう大きな提灯を氏神様に奉納し、「あらゆる災厄から太郎を守り給え」と真剣に祈願した。

神主は祝詞《のりと》を上げ、小さな太郎の剃った頭の上で御幣《ごへい》を振った。そして、幼い太郎の首に提げるお守りを用意した。

両親はその足で、丘の上の観音様にもお参りし、お供えをして、初めて授かった子の息災を祈った。

二

太郎が六歳になったとき、両親は太郎を村から少し離れた、新しくできた小学校に通わそうと決めた。祖父は太郎に筆や紙や本や石板《せきばん》を買ってやった。

ある朝早く、祖父は太郎の手を引いて小学校へつれていった。

太郎はとても嬉しかった。文房具を買ってもらったのは、新しい玩具《おもちゃ》をたくさんもらったみたいだったし、周りの人たちが皆、「学校は楽しいよ。いっぱい遊べるんだよ」と言うからだった。おまけに、母親は「帰ってきたらお菓子をいっぱい上げるからね」と約束してくれた。

祖父と太郎がガラス窓のある二階建ての小学校に着くと、すぐに小使いさんが、大きな、がらんとした部屋に案内してくれた。そこには、いかめしい顔をした男の人が机に向かってすわっていた。祖父はその人を「先生」と呼び、深々とお辞儀した。そして、腰を低くして頼んだ。

「先生、どうか家《うち》の孫をよろしく教えてやってくだされ」

教師は立ち上がるとお辞儀し、礼儀正しく祖父に何か言った。それから太郎の頭に手を置いて、やさしい言葉をかけた。だが、太郎は即座に怖くなった。

祖父が帰って行くと、太郎はさらに怖くなり、走って家に帰りたくなった。ともあれ、教師は太郎を、大きい、天井の高い、白い部屋につれていった。

その部屋では、大勢の男の子や女の子が席についていた。教師は太郎に座席を示し、そこにすわるように命じた。子どもたちは、首をめぐらせて太郎を見ると、ひそひそ囁き合い、げらげら笑った。太郎は皆に笑われていると思い、みじめになった。

鐘が鳴った。すると、教壇にいた教師が叱った。

「こら、お前たち、静かにせよ」

太郎はその口調がものすごく恐ろしかった。生徒は皆、静かになり、やおら教師が話し始めた。太郎は「こんなに怖い話し方をする人はいないや」と思った。

教師は、「学校は遊ぶところではなく、一所懸命勉強するところだ」と、はっきり言った。「勉強はつらく、難しいものであるが、辛抱しなくてはならぬ」とも言った。さらに続けて、守らなければならない規則を教え、規則に逆らったり、忘れたりした場合の罰を事細かに説明した。

生徒たちが皆、怖くなって静まり返ると、教師はやさしい父親のように口調を一変させた。

「いいかい、お前たちは、みんな私の子どもと同じなのだから、お前たちもそのつもりでいていいんだよ」

それから教師は、生徒たちに噛んで含めるように言い聞かせた。

「まずお前たちは、この学校は、畏《おそ》れ多くも天皇陛下の御下命でつくられたことを忘れてはいけない。それから、わが国の子どもは立派な大人にならなければいけない。立派な大人は、天皇陛下を敬い、陛下のために喜んで命を捧げるのだ。わかったね。……そして、もうひとつ大事なことがある。それは、親を大切にするということだ。お前たちを学校にやるために、お前たちのご両親がどんなに一所懸命に働いていらっしゃるのか、お前たちはわかっているか。だから授業中に怠けるほど恩知らずなことはないのだ、いいね」

話し終わると、教師は生徒の名前を呼びながら、一人ずつ順番に、いま自分が話したことについて質問した。

太郎は教師の話をほとんど聞いていなかった。幼い太郎の頭の中は教室に入ったとき皆が自分を見て笑ったことでいっぱいだった。なぜだろうと思うと悲しくて、ほかのことは考えられなかった。

だから、教師に名前を呼ばれたとき、何の心の準備もできていなかった。

「内田太郎、お前はこの世で何が一番好きか」

太郎はびくっとし、立ち上がると素直に答えた。

「お菓子です」

生徒たちが一斉に太郎を見て、げらげら笑った。教師は太郎を詰問した。

「内田太郎、お前は、お前のご両親より、お菓子のほうが好きなのか。……内田太郎、お前は、天皇陛下に対する義務よりも、お菓子のほうが好きなのか」

太郎はとんでもない失敗をしたのを悟り、真っ赤になった。生徒たち全員が笑い、太郎は泣き出した。するとますます生徒たちは笑い転げ、とうとう教師が制止するまで笑い続けた。

教師は次の生徒に同じような質問をした。そのあいだも太郎は袖を眼に当てて、しくしく泣いていた。

鐘が鳴った。教師は生徒たちに再び命じた。

「次の時間は習字だ。別の先生が来るからね。だが、その前に外に出て、しばらく遊んできなさい」

教師が出て行くと、子どもたちは、太郎のことなど見向きもせず、一斉に校庭に飛び出した。太郎は、さっき皆に注目されたことよりも、こうして無視されたことに、なおのこと動揺した。教師以外には、だれも一言も話しかけてくれなかったし、今では教師も太郎のことを忘れてしまったように見えた。小さな席にすわったまま、太郎は泣きじゃくった。皆が自分のことを笑いに戻って来ないよう、声を出すまいと気づかいながら。

突然、太郎の肩に手が置かれた。甘い声が太郎に話しかけてきた。振り向くと、そこには、これまで見たこともないような、やさしいまなざしがあった。太郎より一歳《ひとつ》くらい年上の少女だった。少女はやさしく太郎に訊ねた。

「どうしたの」

太郎はしばらく泣きじゃくり、鼻をぐすぐす言わせてから答えた。

「こんなとこ、大嫌いだ。お家に帰りたいよ」

「どうして」

少女は太郎の首に手を滑《すべ》らせながら言った。

「みんな、ぼくのこと嫌うんだもん。声もかけてくれないし、遊んでもくれないんだ」

少女は太郎をなだめた。

「そんなことないわよ。だれもあなたのことを嫌ってなんかいないわよ。あなたが珍しいだけよ。私が初めてこの学校に来たときもね、去年のことだけど、まったく同じだったわ。だから、絶対に、くよくよしちゃだめよ」

太郎は言い返した。

「でも、みんな遊んでるのに、ぼくだけ、ここにすわっていなくちゃならないんだよ」

「だめだめ。ここにいちゃだめよ。さあ、私と遊びましょ。私がお友だちになってあげる。さあ、いらっしゃいな」

そう言われると、また太郎は声を上げて泣き出した。みじめなのと、ほっとしたのと、自分の気持をわかってくれる人が見つかって嬉しいのとで、幼い太郎の心はいっぱいになり、泣かずにいられなかったのだ。泣いて少女に甘えたかったのである。

しかし、少女は声を上げて笑うと、さっさと太郎を教室からつれ出した。少女は幼い母性で、ちゃんと太郎の気持を見抜いていたのである。

少女は言った。

「もちろん、泣きたきゃ、泣いてもいいのよ。でも、ちゃんと遊ばなくちゃだめ」

それから二人は、嬉々として遊んだ。

しかし、学校が終わり、祖父が迎えに来ると、太郎は再び泣き出した。少女と別れねばならなかったからだ。

それを見て祖父は、笑いながら太郎に教えた。

「おやおや、あの子はな、お芳《よし》ちゃんじゃ。宮原《みやはら》お芳じゃ。一緒に帰って、ちょっと家に寄ってもらえばいいじゃろう。どうせお芳ちゃんの帰り道じゃからな」

太郎の家で、二人は約束のお菓子を一緒に食べた。お芳は教師の厳格な口調を真似て、いたずらっぽく言った。

「内田太郎、お前は、この私よりお菓子のほうが好きか」

三

お芳の父親は近在にいくらかの田を所有するかたわら、村で商店を営んでいた。母親は侍の娘であったが、明治維新で武士階級が消滅した時分に宮原家に嫁いで来た。七人の子を産んだが、一番下のお芳だけが育った。そして、お芳が赤ん坊のときに他界してしまった。

父親は中年を過ぎていたが、お玉《たま》という宮原家の小作人の若い娘と再婚した。お玉は、炉から出てきたばかりの銅のように浅黒い、見るからに頑丈な百姓女だった。背が高く、太り肉《じし》で、きびきびしていた。

しかし、結婚してみてびっくりしたことには、お玉はまったく読み書きができなかった。それなのに、お玉は嫁いで来た早々、宮原を尻の下に敷き始めたから、その変わりようは村人たちのからかいの種になった。

だが、お玉の才覚を知るにつれ、村人たちはお玉の言いなりになっている宮原を嘲笑しなくなった。お玉は夫以上に夫の気持を察し、家事万端を取り仕切り、夫の仕事を巧みに手伝い、二年も経たぬうちに夫の収入を倍に増やしたのである。宮原が役に立つ嫁を迎えたことは疑いなかった。最初の男の子を産んだ後でさえも、継母《ままはは》としてお玉は、お芳にやさしく振る舞った。よく面倒を見、きちんと小学校に通わせた。

お芳や太郎が小学校に通っているころ、村人たちの積年の夢がようやく叶った。髪と髭《ひげ》が赤く背の高い、見たこともない男たち――西洋人――が、大勢の日本人の人足《にんそく》を率いて村にやって来て、鉄道を敷いたのである。

鉄道は、村の裏手の、水田と桑畠の向こうの丘のふもとを通った。観音様の寺に続いている古い道が線路と交差する場所に小さな駅舎が建てられ、村の名前が漢字で書かれた白い板がプラットフォームに立てられた。のちに電信柱が線路沿いに並び、さらに少し経って、汽車がやって来て、甲高い音を立てて停車し、走り去って行った——古い墓地にある仏像を石造りの蓮華座《れんげざ》から揺り落とさんばかりにして。

子どもたちは、この南北に走る、煙霧を撒《ま》き散らす、奇妙な、水平な二本の輝く鉄路を不思議そうに眺めた。また、嵐の息を吐く竜のように、轟音と悲鳴を上げ、煙を吐きながら地面を揺らして通りすぎる機関車を畏れた。

しかし、この畏れの気持は、徐々に好奇心に変わり、教師から機関車の仕組みを教わると、いっそう興味は深まっていった。教師は黒板に図を描いて蒸気機関の仕組みを説明し、さらに電信のすばらしい働きを教え、「新しい首都と京の都が鉄道と電信により結ばれた今となっては、この二つの都市の間は二日足らずで旅行できるし、伝言は、ほんの数秒で届くのだ」と生徒たちを驚かせた。

太郎とお芳はとても仲良くなった。一緒に勉強し、一緒に遊び、互いの家を往き来した。しかし、お芳は十一歳になると継母の家事の手伝いをするために小学校を罷《や》めた。それからのち、太郎はごくたまにしかお芳と会わなくなった。

太郎も十四歳で学業を卒《お》え、跡を継ぐために父親の仕事を習い始めたが、悲しい出来事が起きた。弟を産んですぐに母親が亡くなり、その年のうちに、小学校へつれて行ってくれたやさしい祖父が後を追った。それ以後、太郎は世の中がつまらなくなった。

それから十七歳になるまで、太郎の人生に変化はなかった。時おり、太郎はお芳と話をしに宮原家に出かけた。お芳はすらりとした美しい娘になっていたが、太郎にとっては、相変わらず、楽しかった幼いころの明るい遊び友達にすぎなかった。

四

ある穏やかな春の日、太郎はとても寂しい気分に襲われた。そして、ふと、こんな時には、お芳に会えば気が晴れるのではないかと思った。

おそらく太郎の記憶の中で、寂しいという感情と、小学校に初めて行った日の体験とが、ずっと繋がっていたのであろう。ともかく、太郎の心の中の何かが、ちょっとしたやさしさを欲していた。それは、亡くなった母親の愛情がそう思わせたのかもしれないし、あるいは祖先の霊魂がそう思わせたのかもしれないが、太郎は、お芳に会えば、きっとそのやさしさが得られるだろうと思った。

太郎は宮原の小さな店に出かけていった。店に近づくと、お芳の笑い声が聞こえてきたが、その声は太郎の耳にすばらしく甘く響いた。お芳は店の中で、年老いた百姓の相手をしていた。百姓はひどく愉快そうにしゃべっていたから、太郎はしばらく待っていなければならなかった。お芳とすぐに二人だけで話せなかったのが恨めしかったが、そばにいるだけでも、ちょっと嬉しかった。

お芳をじっと見つめているうち、太郎は、「おれは、なぜ今まで、お芳がこんなに可愛いことに気づかなかったのだろうか」と自問した。「そのとおりだ、お芳は本当にきれいだ。村のどの娘よりも器量良しだ」としみじみ思った。太郎はお芳を見つめ続け、自問し続けた。

そうしていると、ますますお芳がきれいに見えてきた。そのことが太郎には不思議でしかたなかった。お芳はふと、太郎の真剣なまなざしに気づくと、恥ずかしそうになり、小ぶりな耳まで真っ赤になった。そのとき太郎は、お芳ほど美しく、やさしく、しっかりした女性はこの世にいないことを確信し、その想いをお芳に伝えたくなった。

すると太郎は突然、まるでそこらの娘を相手するように、お芳と延々と話している百姓が憎らしくなった。数分の間に太郎にとって世界はすっかり変わってしまったのだが、そのことに太郎は気がつかなかった。気づいたのは、この前会ったときとちがって、お芳がずいぶん眩《まぶ》しくなったことだけだった。

やっと件《くだん》の百姓が帰り、お芳と話せる機会が来ると、すぐに太郎は自分の気持を正直に話した。すると、お芳も太郎に胸のうちを打ち明けてくれたが、二人は互いの気持がまったく同じなので驚いた。

しかし、これが大きな不幸の始まりであった。

五

太郎がお芳と話しているのを見かけた百姓は、客として店に来ていたのではなかった。百姓は表向きの仕事の他に仲人《なこうど》を生業《なりわい》にしており、あの日は、岡崎弥一郎《おかざきやいちろう》という裕福な米相場師に嫁を取り持つために働いていたのだった。

岡崎はお芳を見かけたことがあり、気に入ったので、お芳の人柄と家族の内情をできるだけ詳しく調べるよう仲人に依頼していたのであった。

ところで、岡崎はこの村の百姓衆にも、隣近所の人たちにさえも、ひどく憎まれていた。ずんぐりした、冷酷な顔つきの初老の男で、声が大きく、態度は横柄だった。

岡崎の悪名は高かった。岡崎は飢饉を利用して米相場で大儲けしたことで知られていたが、百姓衆はそれを裏切りと見なし、決して許さなかった。

岡崎はこの県の出身ではなかったし、村のだれともなんの繋がりもなかったが、十八年前、西国《さいごく》のどこかから妻と息子をつれて村にやってきた。その妻は二年前に亡くなり、いじめられているという噂だった息子は家出し、行方がわからなかった。

岡崎の悪評はそれだけではなかった。西国の生まれ故郷で、怒りを買った村の衆に屋敷や蔵を打ち毀《こわ》され、命からがら逃げてきたとか、「お地蔵さまの婚礼」をさせられたという話もあった。これは現在でもいくつかの地方で行われている風習で、ひどく憎まれている百姓が婚礼を挙げると、村の衆が新郎に地蔵尊への宴を強要するのである。

道端や墓地から持ってきた石の地蔵尊をかついだ屈強《くっきょう》な若者の一団を先頭に、大勢の村の衆が新郎の家にどかどか上がりこむ。地蔵尊の石像を座敷の上座に据《す》え、有無を言わせず迫るのである。

「お地蔵さままで来てくださるとは、何とまあ、めでたい婚礼じゃ。さあ、早くお地蔵さまに酒と料理をお供えなされ」

もちろん、これは押しかけた村の衆が飲み食いするための方便であるが、これを断れば命も危ないのである。だから、新郎は、この招かれざる客たちがこれ以上飲み食いできなくなるまで、もてなさねばならない。

この嫌われ者の新郎は、こういう宴会を開かされることで村の衆から制裁を受けるだけでなく、一生、「お地蔵さまの婚礼をした男」と世間から言われる恥辱を味わわされるのである。

また、岡崎は妻を亡くした後、ぜいたくにも若く美しい嫁を迎えようとしたことがあった。しかし、その財力にもかかわらず、事は思ったほど簡単に運ばなかった。すべての家が、無理な条件を並べ立てて即座に断った。村長にいたっては、「娘を鬼にくれてやるほうがましだ」と、はっきり言った。

そんな塩梅《あんばい》だったから、この米相場師は、たまたまお芳を見初《みそ》めていなかったら、どこか別の土地の娘を探さねばならない境遇にいた。

岡崎はお芳に惹かれていたし、貧しい家の娘だと思ったから、家族にそれなりの条件を出せばこの娘は手に入るだろうと踏んだ。そこで岡崎は、仲人を通して宮原家との交渉に入ることにしたのであった。

お芳の継母お玉は、百姓出のまったく無学な女だったが、およそ純朴な女とはいえなかった。お玉はお芳を愛してなどいなかったが、理由もなしにいじめるほど愚かでもなかった。第一、お芳はまったくお玉の癇《かん》に障《さわ》らなかった。陰日向《かげひなた》なく働いたし、おとなしかったし、気立ても良く、家ではとても重宝な存在であった。

だが、抜け目のないお玉は、お芳の人柄だけでなく、お芳の嫁としての値打ちも見抜いていたのである。

岡崎の方は、自分の生まれ持った狡猾さを発揮すれば、この件は首尾良く運ぶだろうと高《たか》を括《くく》っていた。

一方、お玉の方は、岡崎の詳しい経歴も、財産の内訳も密かに調べていたし、岡崎が村の内外で嫁をもらうのに失敗したいきさつも熟知していた。

また、お玉は岡崎が器量良しのお芳に惚れたことをお見通しだったから、「年配の男の恋心は、つけ込む隙間だらけだから、これは好都合だよ」と思っていた。

お芳は目が覚めるほどの美貌の持ち主ではなかったが、可愛らしく、しとやかで、愛嬌があった。しかも、お芳のような娘を見つけようとするなら、岡崎は、はるか遠くの土地まで出向かねばならないのである。

おまけに、万が一にも岡崎がお芳を嫁にするために多額の金を払うのを断ってきた場合には、お玉には、言い値を払うにちがいない若い男に心当たりがあった。

その若者に決めても良い。だが、分割払いでは駄目だ。こちらがわざと最初の頭金を拒否した後で、気が変わるかもしれないからだ。本当に惚れているなら、その若者には村のだれも払えぬほどの金を払ってもらわねばならないからだ。

したがって、その若者の本当の胸のうちを確かめること、またその間、一切の事情をお芳に悟らせないことが、この際、特に重要だった。

仲人は口が堅いことが身上《しんじょう》だったから、そこから秘密が漏れる恐れはなかった。

宮原家の方針は、お芳の父親と継母との相談で決められた。

何事によらず、年老いた宮原が、お玉の意見に反対する惧《おそ》れはほとんどなかったが、お玉は念を入れて、まず宮原に、「こうした結婚話は、若いお芳のほうが、いろんな面で得するのでなければ割に合わない」ことを確認した。その上でこの結婚の金銭的な利点を宮原とあれこれ検討した。

それからお玉は宮原を安心させた。

「実際、この結婚話で、村の衆は家《うち》の悪口を言うかもしれません。でも、その点に関しては、こちらが押し切られたかたちにすることを、前もって岡崎さんに同意させとけば大丈夫だから」

最後に、お玉は、自分の策略を話し、宮原にその果たすべき役割を教え込んだ。——岡崎との交渉の間、太郎には、足繁くお芳に会いに来るよう仕向けるべきである。二人が惚れ合っていることなど、蜘蛛《くも》の巣のような感傷にすぎないのだから、邪魔になったら取り払えば済む。それまで、せいぜい利用すれば良いだけの話だ。若い競争相手がいるのを知れば、岡崎はこちらの望み通りの結論を早く出すであろう。あとはすべて、この私にまかせてくれればいい。

太郎の父親が初めて息子の名代《みょうだい》としてお芳を嫁にもらい受けたいと申し出たとき、宮原家の返答がどっちつかずのものだったのには、こういう背景があったのだった。だから、すぐに返ってきた返事は、「お芳は、太郎さんよりひとつ年上だから、世間体が悪くて」というもので、それはそれでもっともな言い分だった。しかし、その口ぶりは、「本音を言えば、そんなことはたいした問題ではない」と匂わせていたから、あらかじめ用意されていた断りの口実なのは明らかだった。

同時に、岡崎の最初の求婚にも、宮原家は誠意を疑わせるような返答をした。仲人の話にろくに耳を貸さなかったばかりか、岡崎の財力にもまったく鈍感なようだったので、岡崎は二度目には、宮原家が食指を動かすだろうと思われる金額をはっきり提示させた。

するると、宮原は仲人に、「この件に関しては、万事、妻にまかせるし、妻の決めた通りにする」と言った。

お玉は、仲人の出した条件を鼻であしらい、その場で拒否した。あまつさえ憎まれ口まで叩いたのである。

「ねえ、お前さん。昔、金も出さずに、きれいな女房を手に入れようとした男がいたそうな。とうとうその男は、『私は一日に飯を二粒《ふたつぶ》しか食べません』と言う、たいそう器量の良い、安上がりな女を見つけたそうな。そして、その女と結婚して、毎日、飯粒を二つ口に入れてやって喜んでいたんだそうな。でも、ある晩、旅から帰ってきた男が、屋根の穴から覗いて見たら、その嫁は、がつがつ飯を食っていたそうな。飯やら魚やらを山のように髪の毛に隠していた頭の穴に詰め込んでいたから、嫁の正体は山姥《やまんば》だと気づいたそうな」

こうして岡崎の申し出を断ると、お玉は事の成り行きを見守った。「欲しいものが手に入らないとなると、なおさら欲しくなるのが人情というものさ」と自分に言い聞かせながら。

一か月後、お玉の思惑どおり、また仲人がやって来た。岡崎は、今度は腰を低くして、前に提示した以上の金額を申し出ただけでなく、自分から進んでいくつかの約束もした。そこで、お玉は、「とうとう岡崎は私の思う壺にはまったよ」と、ほくそ笑んだ。

お玉の策略は、それほど手の込んだものではなかったが、人間の本性《ほんせい》の醜い部分を本能的に知っているところから導き出されたものだった。だが、それだけに、お玉は自分の勝利をけっして疑わなかった。――約束など、馬鹿な人間のすることだ。はっきり条件を書いた契約書など、単純な人間を騙《だま》すための罠に過ぎない。私が岡崎なら、お芳を手に入れるまでは、財産のかけらも手放しはしないのに、と。

六

太郎の父親は、息子がお芳と結婚するのを真剣に望んでいたから、実直に事を進めていたが、宮原家がはっきりした返事をしないのを訝《いぶか》しく思った。

父親は素朴で思いやりのある男だったが、正直な人間の持つ直感というもので、常日頃嫌っている野卑なお玉が、いつになく気取った口調で、馬鹿丁寧に応待することをいかがわしく感じ、この話は進めないほうが良いだろうと思った。

父親は息子に自分の疑念を伝えたが、それを聞いた太郎は熱を出して寝込んでしまった。

しかし、お玉は策謀のこの段階で太郎にお芳を諦めさせるつもりはなかった。そこで、太郎にまだ気を持たせるために、お芳の手紙にやさしい見舞いの言葉を添えて太郎の家に届けさせた。

病気が治り、宮原家に出向くと、太郎は愛想良く迎えられ、店でお芳と話をするのを許された。しかし、太郎は、父親がすでに求婚に訪れていたことは一言《ひとこと》も知らされなかった。ところで、太郎とお芳は、氏神様の神社の境内で、ちょくちょく密かに会っていた。お芳が継母の一番下の赤ん坊の子守に来るからだった。境内には、子守の少女や、子どもたちや、若い母親たちが大勢来ていたが、二人は妙な噂を立てられずに言葉を交わすことができた。そして二人はすでに結婚を誓いあっていた。

しかし、一か月後、お玉が神妙な態度で、法外な金額を太郎の父親に要求してきた。お玉は手の内の一端を覗かせたのである。というのも、岡崎がお玉が投げた網の中で猛々しくもがいており、その強い意欲を見て、そろそろ仕上げの時期だと思ったからだ。

まだお芳は、何がどうなっているのか知る由《よし》もなかった。しかし、家の中の雰囲気から、もう太郎との結婚は無理だろうと感じ、次第にやつれていった。

ある朝、お芳に会えるかもしれないと、太郎が幼い弟をつれて氏神様の神社に行くと、うまいことお芳に会えた。

太郎はお芳に相談した。

「お芳、なんだか怖いんだよ。子どものころ母さんが首にかけてくれた木のお守りが、絹の袋の中で割れてたんだよ」

お芳は明るく言った。

「心配することないわよ。仏様があなたを守ってくださったのよ。村で病《やまい》が流行《はや》っていたでしょう。あの時、あなたは熱を出したけど、治ったじゃない。お守りのお蔭よ。神主さんに話せば、すぐ新しいのをもらえるわよ」

二人は、今までだれにも、何も悪いことをしてこなかったのに、どうしてうまくいかないのかと思案し始めた。

「たぶん前世《ぜんせ》で、おれたちは憎み合っていたんだよ。きっと、おれがお芳に酷《ひど》いことをしたか、お芳がおれに意地悪したか、どっちかだよ。だから罰があたったんだ。和尚さんなら、きっとそう言うよ」

お芳は子どものころのような茶目っけを発揮した。

「前世では、私が男で、あなたが女だったのよ。私はすごく惚れてたのに、あなたが袖にしたの。私、良く覚えているわ」

悲しい話の最中なのに、太郎は笑って言った。

「それはおかしいよ。お芳は菩薩さまじゃないだろう。前世のことを覚えていられるのは、十ある位《くらい》のうち、最初の菩薩さまだけなんだぜ」

「どうして私が菩薩さまじゃないってわかるの」

「お芳は女じゃないか。女は菩薩さまになれないんだよ」

「観世音菩薩さまは女性じゃなくって」

「そうさ、でも菩薩さまは、お経《きょう》以外には何も愛せないんだよ」

「お釈迦さまにも奥さまと息子さんがいたんでしょう。お釈迦さまはその人たちを愛していなかったのかしら」

「愛していたさ。でも、棄てたんだよ」

「たとえお釈迦さまでも、それは悪いことよ。でも私はそんな話、信じない。あなたも、結婚したら私を棄てるつもりなの」

こんな調子で二人は、あれこれと自分たちが結婚できない理由を、時には笑い声さえ立てて、言い合っていた。

しかし、急にお芳は真剣な顔つきになった。

「ねえ、聞いて。昨夜《ゆうべ》、私、夢を見たのよ。変な川を見たの。海もね。私は海のそばにある川のほとりに立っているようなの。それでね、怖かった。どうしてだかわからないんだけど、ものすごく怖かったの。目を凝《こ》らしてみたら、川に水がないの。海にも水がなくて、仏さまたちの骨だけがあるのよ。でも、その骨が水みたいに流れて行くの。

それから私はね、また家にいるみたいで、あなたが私に、着物にする絹の反物《たんもの》をくれたの。そして着物ができたのよ。ところが着てみたら、どうしたわけか、最初はきれいな色の反物だと思っていたのに、真っ白になっているの。おまけに、私ったら、その白い着物を左前《ひだりまえ》に着ているのね。それから私は、親戚中にお別れの挨拶に行って、これから冥土に参りますって言ったの。すると、みんながね、どうしてだいって訊くんだけど、答えられなかったの」

太郎は、お芳を慰めた。

「お芳、そりゃあ、逆夢《さかゆめ》だよ。死んだ人が夢に出て来るのは縁起が良いんだから」

だが、お芳は返事をしなかった。笑顔も見せなかった。

太郎はしばらく黙っていたが、またお芳を励ました。

「お芳、正夢《まさゆめ》だと思うんなら、庭の南天《なんてん》の木に、全部こっそり話してしまえば、逆夢になるんだぜ」

しかし、まさにその日の晩、太郎の父親は宮原家から、「お芳は岡崎弥一郎のところに嫁にやることにしました」と告げられたのだった。

七

お玉はきわめて頭の回る女だったから、一度も手痛い失敗をしたことがなかった。

お玉は愚かな人たちを巧みに利用して世俗的な成功を収める人間の一人だった。小作人だったお玉の祖先が、その経験から培った辛抱強さ、狡猾さ、他人の意図を見抜く力、どちらが得かを素早く嗅ぎわける力、貧乏に耐え抜く力が、完璧に働く機械のように、目に一丁字《いっていじ》もないお玉の頭の中に収められていた。その機械は、自分を産んでくれた環境、すなわち小作人根性の人間を相手にする場合には、寸分《すんぶん》の狂いなく動いてきた。

しかし、祖先の経験にないゆえに、お玉には今一つ理解できない別の種類《たぐい》の人間も存在したのである。

お玉は、侍と庶民とでは性格まで違うのだという旧弊な考え方をまるで信用していなかった。武士と農民の違いなど、法律《きまり》や慣習《しきたり》が作ったものにすぎないと考えていた。むしろそのせいで、多かれ少なかれ、役立たずの愚か者になってしまったのだと、密かに士族を軽蔑していた。

実際、額に汗して働くことを知らず、商売にまったく疎《うと》い士族たちが零落して行くさまを、お玉は目にしていた。お玉はまた、明治新政府が旧士族に交付した債券が、みすみす姦智《かんち》に長《た》けた相場師たちの手に渡るのを目にしていた。

弱さと能力のなさを軽蔑していたお玉は、昔は、自分が通るとき履物を脱いで泥だらけの道に頭をこすりつけていた者たちに、晩年には、援助を乞うはめになった元の家老より、一介の八百屋のほうがよっぽど立派だと思っていた。だから、お玉は、士族の母親を持っていることがお芳の利点だなどとは露ほどにも思わなかった。お芳が繊細なのは母親の家系のせいであり、むしろ損な役回りの娘であると思っていた。

お玉は、自分の身に照らして理解し得る限りでは、完全にお芳の性格を見抜いていた。いまひとつ理解できぬ性格、たとえば理由もなくきびしく当たったりすると梃子《てこ》でも動かなくなるというお芳の性格も、お玉はそれほど嫌いではなかった。

しかし、お玉には思いも寄らない性格を、お芳は持っていたのである。すなわち、不道徳への鋭い感受性、何物にも冒されない自尊心、いかなる肉体的な苦痛にも打ち克つ意志の力を心の奥底に秘めていたのである。

そして、岡崎の妻になるよう告げられたとき、お芳が、断ったらこうしてやろうと待ち構えていた継母を巧みに欺いたのは、このお芳の性格のなせる業であった。

お玉は、手痛い失敗をしたのである。


最初、お芳は、蒼白になった。しかし、次の瞬間、顔を紅潮させ、笑顔で頭を下げると、お芳は、子が親に向かって話すときの礼儀に適った言葉づかいで、何事も親の意見に従うつもりであることを表明してみせて、宮原とお玉を驚かせた。

その態度には、内心の不満すら微塵も感じられなかったから、嬉しくなったお玉は、お芳に秘密を打ち明けてやろうと思った。そこでお玉は、岡崎との滑稽な駆引きの内幕をばらし、その挙句に岡崎がどれだけの金を払うはめになったかを、お芳に聞かせた。

さらにお玉は、自分の意に反して老人と結婚させられるお芳を月並な言葉で慰めてから、岡崎を手玉に取るための驚くべき手練手管《てれんてくだ》をお芳に教えた。

だが、太郎の名前は、一度もお玉の話に出てこなかった。

それを聞いてお芳は、礼儀正しく、有難い助言を授けてもらった礼を継母に述べた。それは実際、すばらしい知恵だった。お玉のような教師がついていれば、頭の良い百姓娘ならだれでも、岡崎に易々《やすやす》と養ってもらえるだろう。

しかし、お芳には、百姓の血は半分しか入っていなかった。

自分に段取りされた運命を告げられて、お芳の顔がまず蒼白になり、次いで紅潮したのは、お玉には思いもつかぬ二つの意思の表れであった。この二つの意思は、お玉がこれまでやってきたどんな打算よりも、ずっと複雑で、ずっと素早い頭の働きの表れであった。

最初にお芳が蒼白になったのは、継母が毛ほどの道徳心も持っていないこと、いかなる抵抗も無駄であること、さして必要でもない金のために自分の身が忌まわしい老人に売られること、この取引が恥知らずきわまりない残酷なものであることを悟ったからであった。

しかし、それと同時に、非道には勇気で立ち向かわねばならぬ、姦智には叡智《えいち》で臨まねばならぬという気概が湧き出てきて、顔が紅潮したのだった。その上で、お芳は微笑んだのである。お芳の心は、刃《は》こぼれも見せずに鉄を断ち切る鋼《はがね》に変わっていた。お芳は、自分が何をなすべきかを完全に悟っていた――侍の血が教えたのである。後はただ、時と機会を考えるだけだった。

お芳は自分の勝利を確信していたから、声に出して笑うのをこらえるのに苦労するほどだった。明るいお芳の目を見て、お玉はすっかり騙された。お芳は納得したのだろうし、金持ちと結婚する旨みに気づいたに違いないと思い込んだのである。

その日は九月十五日で、婚礼は十月六日と決められた。しかし、その三日後、夜明けとともに起床したお玉は、お芳が夜のうちにいなくなったのを知った。また、内田太郎の父親は、その前日の午後から息子の姿を見失っていた。

数時間後、二人の手紙が太郎の父親のもとに届いた。

八

京都からの早朝の汽車が止まっていた。小さな駅は、慌しくごった返していた。からから響く下駄の音、ざわざわした話し声、切れ切れに聞こえる菓子や弁当を売る村の少年の声などで騒々しかった。五分が経った。途端に、下駄の響きも、あちこちで客車のドアをばたんと閉める音も、弁当売りの少年の声も止んだ。汽笛が鳴り、がたんとひと揺れすると汽車は動き出した。がらがらと音を立て、煙を吐きながら、ゆっくり汽車は北に向かって走り去った。こぢんまりした駅は空っぽになった。当直の巡査が、砂地のプラットフォームを往き来しながら、静かな水田を眺めていた。

すでに秋、それも中秋の季節だった。陽射しは急に白ばみ、影が濃さを増し、景色の輪郭は砕けたガラスの縁《へり》のようにくっきりしていた。夏のあいだ、からからに乾いて目にとまらなかった苔が、明るくやわらかな緑を取り戻し、火山灰の黒土をあちこちで覆っていた。いたるところの松林で寒蟬《つくつくぼうし》が鳴いていた。掘割や用水路の上では、ジグザグに飛びまわる蛍が、翠《みどり》、薔薇色、あるいは鋼のような淡青色をした小さな灯りを明滅させていた。

さて、北のほうに目をやった巡査が、線路のずっと向こうに不審なものを感じ、手をかざして駅の時計を見て時刻を確かめてから、そっちに向かって歩き出したのは、この澄みきった朝の空気のせいだったかもしれない。

いや、ふつう日本の巡査の黒い目は、落ち着き払った鳶《とんび》のように、視界に入るどんな些細なものでも、不審なものを見逃さない。

私は、隠岐島《おきのしま》での出来事を思い出す。そのとき私は、だれにも見られないように、泊まっていた宿の二階の部屋の障子に小さな穴を開け、表の通りで地元の人たちがお面をかぶって踊る姿を眺めていた。

眼下の通りでは、霜降《しもふ》りの制服の巡査が一人、真夏だったから日除けの布を制帽にかけて巡回していた。巡査は左右を見回しながら歩いていたが、その目は、踊り手も、自分がかきわけている群衆すら見ていないようだった。

急に巡査は立ち止まり、その視線を私の障子の穴にぴたりと据えた。目の形から、覗いているのが外国人だと判断すると、すぐさま巡査は宿に入って来て、すでに私が宿に泊まった際に調べたはずのパスポートに関していくつか尋問したのであった。

駅にいた巡査が、のちに報告したところによると、村のずっと西北の農家から水田を横切ってやって来たと思われる二人の人物が、駅から八町余り北の線路にいたというのである。一人は、着物と帯の色から若い娘と思われた。数分後に東京からの汽車がやって来る時刻で、プラットフォームからも近づいて来る煙が見えていた。二人は線路の上を汽車に向かってどんどん走って行き、線路が曲がったところで見えなくなった。

太郎とお芳であった。巡査の目を逃れるためと、なるべく駅から離れたところで東京からの汽車と出会うために、二人は素早く走った。しかし、線路が曲がったあたりを過ぎ、やって来る煙を見て、二人は走るのをやめた。汽車が目に入ると、運転士を警戒させないように、すぐに二人は手を取り合って線路から離れた。

一分後、汽車の轟音が重く耳に入り、二人はその時が来たのを知った。

再び線路にのぼり、見つめ合い、抱き合うと、さっとレールの間に、頬をくっつけあって横になった。レールはすでに、重い車輪の回転に鳴り響く鉄床《かなとこ》のような音を立てていた。

太郎は微笑んだ。お芳は太郎の首に両手をしっかり巻きつけ、太郎の耳に向かって叫んだ。

「二世《にせ》も三世《さんぜ》も、私は、あなたの妻よ。あなたが、私の旦那さまよ、太郎さま」

太郎は何も言わなかった。なぜなら、まさにその瞬間、二人の百メートルほど手前から空気ブレーキの付いていない汽車を停止させようとしていた運転士の狂ったような努力も空しく、その車輪は巨大な鋏《はさみ》のように、二人のからだを切断して通りすぎて行ったからである。

九

こうしてやっと結ばれた太郎とお芳が一緒に埋葬された墓には、村の人たちが、竹筒に溢れるばかりの花を供え、線香を上げてお参りしている。

これは不思議なことだ。なぜなら仏教は情死を禁じており、この墓地は仏教の寺のものだからである。

読者は、なぜ、そして、どんな風に村の人たちは二人の墓にお参りしているのかと疑問に思うであろう。

確かに皆が皆、二人に祈っているのではない。墓を掃除し、念仏を唱えるだけの人もいる。しかし、恋人たち、とりわけ不幸な恋人たちは、太郎とお芳に祈っているのだ。恋人たちは、神秘的な力による加護と扶助を二人に祈願しているのである。

私自身、「なぜ太郎とお芳の墓にお参りするのですか」と訊ねずにはいられなかったが、答えは素朴なものであった。

「お二人はつらい目に遭《あ》いなさったのだから」

この言葉で私は理解した。村の人たちが太郎とお芳の墓にお参りしているのは、仏教よりも古く、仏教よりも新しい宗教心、すなわち、つらい思いをした人をいたわろうという、いつの時代でも人間の心に存在する真の宗教心のゆえなのだと。

訳者（五十音順）

井上雅之、岩田英以子、大和田瑞子、荻野祥生、小原知博、風間達也、金振寿香、金行章一郎、小山友里江、小山芳樹、下川理英、杉岡直衣、染谷美香、高橋　梓、西﨑弥沙、馬場優子、坂東　剛、松崎久子、三村泰代、宮治真紀子、山田章夫、山田健介、和田久實（監訳）

京都弁監修

森　操

小泉八雲年譜

1. ギリシアで生まれる

1850年（嘉永3年）6月27日、パトリック・ラフカディオ・ハーンは、ギリシアのレフカダ島で、ギリシア駐留中のイギリス軍軍医である父（チャールズ・ブッシュ・ハーン）と、キセラ島の有力者の娘であるギリシア人の母（ローザ・アントニオ・カシマティ）との間に生まれた。名前の「パトリキオ」は父の出身地であるアイルランドの守護聖人パトリックから、「ラフカディオ」は生まれた島レフカダ島に因んでつけられた。ハーンが生まれた当時、父はアイルランドに帰国しており、不在だった。ハーンは二人目の子供であったが、最初の子はハーンが生まれた直後に死亡している。

※当時、レフカダ島、キセラ島などのイオニア諸島はイギリスに支配されていた。

※レフカダ島はイオニア海に浮かぶ温暖で風光明媚な島。ギリシア本土との間は30メートルの海峡で隔てられているが、現在は本土と橋で結ばれている。生誕の地レフカダ市と終焉の地東京都新宿区は友好都市として提携を結んでいる。

2. イギリスでの少年時代

1852年7月、ハーンが2歳のとき、父は西インド諸島に転任となり、母はハーンを連れて夫の実家のあるアイルランド（当時はイギリス領）のダブリンに移った。母は、言葉の通じない異国での生活に孤立し、夫の実家にもなじめなかった。

1853年の秋、3歳になっていたハーンは、帰国した父と初めて会ったが、親しみを感じることはなかったという。3年の空白は父と母の間にも溝を作ってしまった。

1854年4月、父は再びクリミア戦争に出征した。ちょうど三男を身籠もっていた母は、疲弊した心身の癒しをかねて、ハーンをひとり残してギリシアに里帰りした。しかし、1857年、父は、ギリシアにいる母を離縁して、初恋の未亡人と再婚してしまった。その後、ハーンは二度と母に会うことはできなかった。

ハーンは、資産家で子どものいなかった大叔母（祖母の妹）サラ・ホームズ・ブレナン夫人に引き取られた。ダブリン郊外にある大叔母の屋敷、幽霊が出そうな暗い大きな部屋で孤独な幼年時代を過ごしたが、その経験が霊的なものに興味を抱く下地となった。

就学年齢に達したハーンは、フランスのカトリック系寄宿学校に入れられたようだ。

1860年、父は再婚した妻とつれ子を伴ってインドに赴任している。ハーンは、それ以降、父に会うことはなかった。

1863年、13歳のときイングランド、ダラム郊外にある聖カスバート校に入学した。

16歳のとき、ジャイアンツ・ストライドという縄遊びの最中、友達の持つ縄が当たって左目を失明してしまった。残った右目も強い近視であったので、ハーンはそれ以降、目に苦しむことになる。

※ハーンの写真の多くは前から見ると右を向いており、正面や左側の写った写真がほとんど存在しないのはそのためと言われている。

1866年11月、インドに赴任していた父が、任地から帰国の途中、スエズで病没した。大叔母のブレナン夫人は、遠縁のヘンリー・ハーン・モリニューを信頼して財産の管理を任せていたが、1867年、モリニューの事業の失敗で破産してしまった。ハーンは、大叔母の破産で経済的な支えを失い、学業半ばで退学した。18歳のハーンは帰る家もなく、大叔母の屋敷で女中をしていた女性を頼って、ロンドンの場末で1年間過ごした。1869年、19歳のとき新天地を求めてアメリカに渡った。

3. アメリカ時代

当時のアメリカは南北戦争の後で混迷の時代であった。ニューヨークにつき、アメリカ中西部オハイオ州のシンシナティに向かった。モリニューの親戚を訪ねたが門前払いされ、路頭に迷うことになる。食事にも苦労するほど困窮するが、しばらくして、ヘンリー・ワトキンという印刷屋に助けられた。ワトキンはハーンを昔の自分のように思って、子供のように可愛がった。ハーンは店を手伝いながら図書館に通って勉学に励んだ。1872年11月からハーンの書いた文章が、シンシナティの新聞「エンクワイアラー」に載るようになり、1874年、エンクワイアラー社の記者となった。

友人と絵入り新聞を発行するなど、芸術、文化の方面で交友を深めた。1875年、25歳になったハーンは記者として生活も安定し、結婚を考えるようになった。相手は同じ下宿に住むマティ・フォーリという21歳の子持ち混血黒人女性だった。当時、白人と黒人の結婚は禁じられていたが、ハーンは正義感と同情心から周囲の反対を押し切って結婚した。その事が原因でエンクワイアラー社を解雇されたが、記者としての能力を買われてライバル社のシンシナティ・コマーシャル社に入ることができた。しかし、彼の純粋な愛情を持ってしても自堕落な妻を救うことが出来ず、この結婚生活はまもなく破綻する。

1877年10月、妻との葛藤に疲れ果てたハーンは、築き上げた社会的地位を棄て、シンシナティを去って、南部の大都市ニューオリンズに移った。

1878年6月、ニューオリンズの小さな新聞社、デイリー・アイテム社に編集助手として入る。やがて評判が高まり、1882年、南部の大新聞「タイムス・デモクラット」の文芸部長として迎えられた。経済的にも時間的にも余裕のできたハーンは、文芸批評、書評を新聞、週刊誌、月刊誌に寄稿し、フランス文学の翻訳や著書も出版した。

この頃、ハーンの記事を読んでジャーナリストを志したエリザベス・ビスランドという21歳の女性がタイムス・デモクラット社に入社している。32歳になっていたハーンは美しいビスランドに魅了されるが、マティとの結婚に失敗した経験から、彼女に対する思いを胸にしまい、生涯の友として親交を深めた。

1884年12月、ニューオリンズで百年祭記念博覧会が催され、日本からも美術工芸品が出展された。ニューヨークの出版社ハーパー社の依頼で会場を視察したハーンは、日本の展示物に関心を示して連日のように訪れ、好意的な記事を書いた。その会場で、文部省から派遣されていた役人、服部一三と知り合う。

1886年5月末に、タイムズ・デモクラット社を退社、10年過ごしたニューオリンズをあとにして、ニューヨークに移った。

ニューヨークのハーパー社と「ハーパーズ・マガジン誌」向けに西インド諸島の印象記を書く契約を結んで、フランス領のマルティニーク島に渡った。そのルポルタージュ「仏領西インド諸島の2年間」は好評を得た。

2年後ニューヨークに戻ると、当時高まっていた東洋への関心を捉えようというハーパー社の企画で、今度は日本の取材記事を書くことになった。

※1889年10月、実弟だというジェームス・D・ハーンから手紙が届いた。何度か手紙をやり取りし、本当の兄弟だと分かる。弟はオハイオ州に住んでいたが、翌年ハーンが日本に出発したため、二人は生涯会うことはなかった。

4. 日本への渡航

1890年（明治23年）ハーパー社及びカナダ太平洋鉄道汽船会社と契約を結び、3月8日、挿絵画家とともにニューヨークを出発、モントリオール経由でバンクーバーにつき、3月18日船に乗って18日の航海の後、4月4日横浜についた。ハーン39歳のときだった。

しかし、自分への謝礼が同行していた挿絵画家の謝礼より少ないことを知って憤慨し、出版社との契約を破棄してしまった。

上陸後すぐに、ビスランドの紹介状を持って横浜居留地の「グランド・ホテル」にミッチェル・マクドナルドを訪ねた。ビスランドは前年、コスモポリタン誌の取材で世界一周の途中、横浜に立ち寄っており、マクドナルドと面識があった。マクドナルドは当時、米国海軍主計大佐で「グランド・ホテル」の大株主でもあった。以降、二人は生涯変わらぬ友人となる。

ハーンは職を失うことになったが、日本行きを勧めたハーパー社の記者ウイリアム・H・パットンに紹介された帝国大学教授のチェンバレンやニューオリンズで知り合った文部省の服部一三らの尽力で、島根県尋常中学校の英語教師として赴任することが決まった。

ハーンは既に英訳の「古事記」を読んでいたので、古代神話に登場する出雲の国へ行くことを非常に喜んだという。

5. 松江時代

その年の8月末に松江に着くと、9月初めから尋常中学で教え始めた。中学校の月給は百円、校長の2倍もあった。当時の明治政府は外国人の教師を高給で招いていたのだ。前任の教師たちが西洋文明を礼賛し日本を遅れた国と蔑む傾向があったのに対して、ハーンは日本固有の文化を愛し、日本の伝統的生活様式にも積極的に慣れ親しんだので、たちまち松江の人々から敬愛されるようになった。島根尋常中学では、教頭の西田千太郎とも知り合い、全幅の信頼を寄せることになった。ハーンは島根師範学校でも教えている。

山陰の厳しい冬、火鉢しか暖房のない日本家屋での暮らしに、ハーンは風邪をこじらせてしまった。病気で寝込んだハーンを住み込みで世話するために24歳の小泉セツが派遣される。ハーンは献身的に看病してくれたセツと結ばれ、1891年2月に結婚した（ハーン、セツともに再婚）。セツは、元松江藩士の娘で教養があり、以降、ハーンの著述と生活を支えることになる。

※夫人の戸籍上の本名はセツ、手紙などでは節子と記した。

※その年の5月に転居した北堀町塩見縄手の家は、「日本の庭」（「日本瞥見記」に所収）に描かれている。現在も、小泉八雲旧居として、当時のまま保存されている。

ハーンは、古き伝統と文化の残る松江をこの上なく気に入っていたが、山陰の冬の厳しさが身にこたえて、もう一冬この地で過ごすことに耐えられず、1891年（明治24年）11月、チェンバレンの斡旋で熊本の第五高等中学校に転任した。

松江には1年5ヶ月しかいなかったが、松江の風情・情緒が、後の執筆にも深い影響を与えている。その後、松江にはたびたび夫婦で訪れている。

※ハーンはヘルンとも呼ばれる。このヘルンという呼び名は、英語教師として松江に着任したとき、県庁の役人や学校関係者がＨｅａｒｎをヘルンと発音してヘルン先生と呼んだことに由来するが、ヘルンのほうが自分自身の発音にも近く、本人も気に入っていたという。

6．熊本時代

日清戦争前夜の軍都熊本での生活は、松江に比べて気風が荒々しいこと、学校での授業時間が多くて著述の時間が乏しいこと、西南戦争で焦土と化して見るべき遺物がなかったことなど、あまり馴染めなかったようだ。

熊本へ来て2年後、１８９３年（明治26年）11月長男一雄が誕生した。子どもが出来たことで、日本への帰化を真剣に考え始めた。

※当時の第五高等中学校校長は柔道を広めた嘉納治五郎であった。ハーンが去った2年後に夏目漱石が赴任している。

１８９４年「日本瞥見記（知られざる日本の面影）」を出版。

7．神戸時代

１８９４年10月、第五高等中学校での3年の契約期間が終了すると、混血児である長男の将来も考えて、外国人居留地のある神戸に移り、英字新聞クロニクル社の論説記者となった。

クロニクル社は4ヶ月で辞めたが、来日第一作「日本瞥見記」が好評で、著作活動だけで収入を得る自信を持った。1895年（明治28年）4月17日、日清戦争の終結による条約改正で在日外国人に認められていた特権が廃止されると感じたハーンは、家族の財産を守るために日本に帰化することを決意する。

※明治政府は、江戸末期に終結した日米和親条約など、欧米諸国と結んだ不平等条約を改正しようと腐心していた。

1896年2月、45歳のとき日本に帰化して小泉八雲と名乗った。小泉は妻セツの姓、八雲は古事記の「八雲立つ出雲八重垣妻籠みに…」の一節に因んでつけた。

神戸時代、「東の国から」（1895年）「心」（1896年）を出版。

8. 東京時代

帰化と前後して、帝国大学から英文学の講師として招きたいとの話が持ちかけられた。熊本時代のような授業に追われる生活が厭ではじめは断ったが、東京帝国大学文科大学学長の外山正一が礼を尽くして招聘したため、1896年8月上旬上京、市谷富久町に居を構えた。

週12時間の授業で月給400円であった。八雲の授業は非常に熱心で、豊富な知識に裏付けられた奥深いものだったので、学生の尊敬を集め、その中から上田敏や小山内薫、土井晩翠など多くの文学者を生むことになる。

1897年（明治30年）2月、次男巌、誕生。3月、松江の西田千太郎が36歳で死去した。この夏、焼津の山口乙吉家の2階を借り、以降、たびたび避暑に焼津を訪れる。

「仏の畑の落ち穂」（1897年9月）出版、「異国風物と回想」（1898年2月）、「霊の日本」（1899年9月）出版。

1899年12月、3男清誕生。「影」出版。

1901年1月「日本雑録」出版。3月には外山正一が死去した。ハーンは、西田、そして外山と、続いて二人の理解者を失うことになる。

1902年1月「骨董」出版。

1902年3月、市ヶ谷富久町を離れ、西大久保に移転した。

この頃、留学を終えた日本人学者達が教壇に立つようになり、お雇い外国人教師は次々と帰国を始めている。1903年（明治36年）1月15日付で突然東京帝国大学から八雲のもとに解雇通知が届いた。小山内薫ら英文科の学生達はこの処分に抗議し、八雲留任運動を始める。大学当局は、時間と俸給を半減させて留任させようとしたが、かえって誤解を生じてしまい、3月31日、6年間勤めた東京帝国大学を辞した。

※八雲の後任は、英国留学を終えたばかりの夏目漱石だった。

東大を辞任した八雲は、ビスランド（ウェットモア夫人）の勧めでアメリカの大学に講演に行くことを計画し、その草稿である「日本――一つの解釈――」の執筆に務めた。また、妻セツの協力で日本の古い怪談話を種に、「怪談」を書き上げた。9月、長女寿々子誕生。

東大をやめた八雲をワセダに迎えようと、小川未明や野尻抱影らが招致運動を起こした。当時、ワセダの最高責任者だった高田早苗は、教授であった坪内逍遙などと相談して、講師として招くことにした。週4時間の授業で年2千円だった。東京専門学校から早稲田大学へと改称したばかりのワセダは拡張期で、破格の待遇で八雲を迎えた。八雲が授業時間にこだわっていたのは、著述の時間を大切にしたいためだった。

翌年の1904年3月、初めて講義に出向いた日に八雲は逍遙と挨拶を交わしている。執筆で多忙であったはずの八雲が、逍遙や高田の家を訪問したり、創立者大隈重信と会見したりしている。妻セツの思い出の中にも語られているが、在野精神に満ちたワセダの校風を八雲は非常に気に入っていたという。

八雲のワセダでの在職は半年だったが、それでも童話作家小川未明などに影響を与えた。

※1904年（明治37年）2月10日に日本はロシアに宣戦布告、日露戦争が始まっている。

1904年5月「怪談」出版。

その年の9月26日、心筋梗塞のため死去した。54歳だった。葬儀の日、早稲田大学の文学科は休講となり、教師、学生全員が会葬して、ハーンの死を惜しんだ。

葬儀は、市ヶ谷に在住のころ気に入って毎日のように訪れていたという瘤寺で営まれ、雑司ヶ谷墓地（雑司ヶ谷霊園）に埋葬された。法名、正覚院殿浄華八雲居士。

※終焉の地となった西大久保（現在の大久保1丁目、新宿区立大久保小学校正門横）には、「小泉八雲終焉の地」の石碑が建てられている。また、その西側の「小泉八雲記念公園」には、八雲の胸像や、ギリシア・レフカダ島を描いたタイル舗装がある。

八雲が死亡したとき、妻のセツは36歳だった。八雲はすべての財産をセツに遺したので、セツは西大久保の家で子供たちを育てながら、何不自由なく暮らすことができた。

1914年、セツが八雲との思い出をまとめた「思い出の記」が、東京帝国大学文科で八雲の教え子であった英文学者の田部隆次著「小泉八雲」に収められて出版された。

1932年（昭和7年）2月18日、セツは64歳で死去した。雑司ヶ谷墓地の八雲の左隣に埋葬された。

小泉八雲の主な著書

『日本瞥見記（知られざる日本の面影）』（「Glimpses of Unfamiliar Japan」１８９４年刊）、チェンバレンに献呈

『東の国から』（「Out of the East」１８９５年刊）、西田千太郎に献呈

『心』（「Kokoro」１８９６年刊）、ハーンの仏教研究に協力した雨森信成に献呈

『日本雑録』（「A Japanese Miscellany」１９０１年刊）、ビスランドに献呈

『骨董』（「Kotto」１９０２年刊）

『怪談』（「Kwaidan」１９０４年刊）

『日本——一つの解釈——』（「Japan; an Attempt at Interpretation」１９０４年9月刊）

参考文献

・Lafcadio Hearn. "A Japanese Miscellany: Strange Stories, Folklore Gleanings, Studies Here & There" (2001) . ICG Muse, Inc: New York

・Lafcadio Hearn. "Kwaidan: Stories and Studies of Strange Things" (2001).ICG Muse, Inc: New York

・Lafcadio Hearn. "Writings from Japan" (1984). Penguin Travel Library: New York

・"The Selected Writings of Lafcadio Hearn" (1977). Edited by Henry Goodman,Carol Publishing Group: New York

年譜参考文献

「評伝ラフカディオ・ハーン」（恒文社）、「知られざるハーン絵入書簡」（雄松堂出版）

「聖霊の島　ラフカディオ・ハーンの生涯」（集英社）、「小泉八雲事典」（恒文社）

監訳者略歴

和田久實（わだ・ひさみつ）

一九四八年長野県生まれ。

コロンビア大学大学院修士課程終了（英語教授法専攻）。

英語個人塾「リセＥＰＬ」主宰の傍ら、塾生と共に、小泉八雲作品の翻訳を手掛けた。

小泉八雲　日本の心

2024年12月25日　第一刷

著　者　　ラフカディオ・ハーン

監訳者　　和田久實

発行人　　山田有司

発行所　　株式会社　彩図社
東京都豊島区南大塚 3-24-4
ＭＴビル　〒 170-0005
TEL：03-5985-8213　FAX：03-5985-8224

印刷所　　シナノ印刷株式会社

URL：https://www.saiz.co.jp
https://X.com/saiz_sha

ISBN978-4-8013-0751-3　C0093

落丁・乱丁本は小社宛にお送りください。送料小社負担にて、お取り替えいたします。

定価はカバーに表示してあります。

本書は、2003年8月に小社より刊行された『小泉八雲 日本の心』を再編集したものです。